이생진 구순 특별 서문집

시와 살다

.

시와 살다

이생진 구순 특별 서문집

작가
정신

머리말

나의 일곱 번째 시집 『자기』(1975) 머리말에
'······외로움만으로 시 쓰기도 지쳤다'고 푸념한 적이 있다.

그때 내 나이 46,
그러니까 내 인생의 절반 무렵이다.
77편을 묶어 시집으로 냈는데,
그 77이라는 숫자는 내가 77세까지만 시를 써도 고맙겠다는
염원에서 나온 숫자일 거다.

그런데 77이 훌쩍 넘어
90이라니!
나도 놀라지 않을 수 없다.

시집만 38권,

산문집과 편저가 5권,

사진작가 혹은 화가와의 공저가 5권,

모두 48권을 펴낸 셈인데,

그 책들의 머리말과 후기를 모아 놓고 보니

내 행적이 한눈에 들어와 감회가 새롭다.

시와 살았다는 면목이 서기도 하고……

2018년 가을
이생진

차례

일러두기

* 시집·산문집·시화집 등 작가가 출간한 모든 작품을 망라하여 머리말(서문)과 후기를 모은 문집이다.
* 작품은 연대순으로 소개하되, 개정판·개정증보판은 함께 다루었다.
* 초판과 개정판(개정증보판)의 내용이 같은 경우, 개정판(개정증보판)을 기준으로 삼았다.
* 작품 원문에 사용된 한자어는 가급적 한글로 표기했다.
* 시편 낫표(「」), 제호 겹낫표(『』), 잡지 등 발간지 겹화살괄호(《》), 그림과 곡명 등 작품 홑화살괄호(〈〉)로 문장 부호를 통일했다.
* 표준국어대사전 표준어 규정과 한글 맞춤법 기준에 맞추었으나, 작가의 표현을 최대한 살렸다.

산토끼

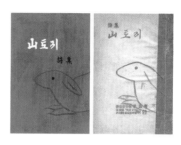

시집 『산토끼』
1955년 7월 2일 발행
_자필 수제본 시집, 시 31편 수록

내가 이 학교에 와 며칠 안 되었던 어느 날 어느 교실엘 들어가 김소월의 「진달래꽃」을 읽어줄 때 한구석에서 누구인지 "시인이야, 시인." 하던 가느다란 소리가 아직도 내 귀에 머물러 있다.

내가 항상 시를 좋아하면서도 시인이라는 팻말을 내 목에 걸어주는 것이 얼마나 싫던지 그 학생의 한마디가 이제금 불쾌하다. 마치 제 집엔 한 번도 얻어먹으러 간 적이 없는 나에게 "거지야, 거지……." 이렇게 당하는 것 같은 모욕감이 다함多含했기 때문이다. 그렇게 천진한 어린 학생의 한마디에도 그토록 감정이 에리해졌음은 다름이 아니다.

첫째로 "시인" 하면, 내 자각지심自覺之心에 나 같이 옷깃이 구주하고 한 가닥 가느다란 정서에도 목을 메꾸는 생활인인 줄만 아는 듯해서요. 둘째로는 40도 30도 못 되는 내가 벌써 한적한 전원만을 찾았대는 졸렬한 노퇴심老退心이 튀어나온 듯해서요, 셋째로는 경고 硬固한 테두리에서 옴짝 못 하는 기성인의 그것에 닮아가고 있음을 말함인가 하는 공포에서였다. 확실히 이는 내가 아직 젊다는 자혈심 自頁心에서이리라.

사랑하는 것이란 항상 멀리 떼어놓고 사랑하는 것이 나의 슬픈 버릇이어서 나는 시를 좋아하면서도 내 몸에 지닐 줄을 모른다. 그래서 귀여운 것이 있어도 내 것으로 삼질 못하고 남의 것이 된 후에 후회하는 것이 일쑤다.

그러나 진정으로 내가 사랑하는 것은 사람이지 시는 죽어도 아니다. 한 번도 시 때문에 사람을 희생하려 하지는 않는다. 사람 때문에 시의 희생은 수없이 하더라도……. 그러기 때문에 사람은 없고 시만 있는 고독은 시와 함께 그 고독도 싫다. 그 고독도 시도 사람이 있는 고독이고 사람이 있는 시여야만 한다.

그러나 시는 사람과 꼭 같이 존립하는 것이기 때문에 사람이 없는 곳엔 시도 낳지 않는 것을 어찌하랴?

그래서 나는 도리어 시도 사람처럼 꼭 같이 사랑하게 된다.

좀 더 인생의 골수까지 파고드는 시

좀 더 온 삭신이 약동하는 시
좀 더 말하는 시

이러한 시에 대한 빈곤은 나에 대한 빈곤과 함께 시대의 빈곤이기도 하다. 좀 더 사람을 아끼고 좀 더 사랑해야 하는 내가 가벼운 낙엽 하나의 정방靜訪에도 흔들림은 너무 살 줄 모르는 나의 빈곤에서 그렇다고 하자.

내 지성知性이 빈곤하고, 지성을 키우는 아스팔트가 또한 빈곤하기도 하다. 그래서 나와 함께 빈곤한 시대는 가랑잎 한 장에도 우나 보다.

나도 그들의 이성과 그들의 빈곤을 닮아 그들이 걸어가는 파라사이트 같은 입장을 탈출치 못한 채, 여러분의 시우詩友가 된다면 천운으로 여기겠다.

모두 마흔 포기를 채우지 못한 이 시집은 내가 먹고개〔墨峴洞〕에 와 살던 석 달 동안에 쓴 것이다. 충실히 쓰려고 애쓴 것도 아니요, 남에게 보이려고 한 짓은 더욱더 아닌 것이었기에 잘되고 못된 것은 말할 필요가 없지만 그저 여러분과 함께 살았다는 표적이나 할 양으로 엮었을 뿐이다.

Ⅰ은 썅좋은 너와 나의 학교를 세우며 노래하던 것이요, Ⅱ는 내 살던 먹고개를 읊은 것이오, Ⅲ은 나 자신의 생활에 대한 반성과 독설과 실망과 용망湧望이다.

이 시집에만 고착되어 날 평評일랑 말라, 그저 너와 함께 손등을 짓쳐가며 솔뿌리를 파내고 나무를 베어다 교실을 세워 화단도 만들고 토끼도 길러가며 시를 이야기하던 사람이거니, 이렇게만 여겨두라.

생전 처음으로 이것도 시집이라고 나와 함께 엮어보았던 학예부 제학생의 노고에 대한 사의는 이 책자가 내 옆에 있는 한 잊지 않겠다.

1955년 6월 30일

먹고개에서

—『산토끼』 서문

두 번째 시집

녹벽

시집 『녹벽』
1956년 12월 1일 발행
_자필 수제본 시집, 시 43편 수록

그대와 그대의 시만을 위하여

1956년 9월 15일

―『녹벽』 서문

녹벽엔 마음대로 낙서가 됩니다

나는 시에 뜻할 그 무렵부터

사람은 오래 살 게 아니라고 혼자서 규정해보았다.

20 전까지는 학습 과정이요
25까지가 이해 · 비판 · 분석 · 규명해보는 과정이요
30까지를 창작 과정이라 하고
30 이후는 되도록이면 빨리 죽어야 할 과정이라고
그러나 나는 단 한 해도 이렇게 살아보지 못하고
빨리 죽어야 한다는 과정만이 남아 있다

그러므로 실패는 이 시집에서가 아니고
벌써 오래전의 일이다

× × ×

이제부터 이 모두는
실패한 사람의 훗말〔後言〕이라 치고
내버려두라
『녹벽』은 시집 『산토끼』의 후배다
남처럼 복이 적었던 아이들 손에 『산토끼』를 쥐어주고
이곳으로 온 지 한 해 반. 남의 일을 해주고 내가 살고 내가 산
다음에 또 나의 일을 하려니 몸은 곤하여 게을러졌다

더욱이 올해에는 약혼을—
언제고 이 약속이 그 어느 여인과 있으려니는
남들의 과정에서 추측해보았지만 막상
결약하고 나니 "종식부終食符"—
이후라도 또 시는 써지는 것일지?

또 시가 쓰인다면
나는 행복이다

× × ×

작년에 『산토끼』는 몇 가운데 신문 잡지에 실어주어 흥 없지
않았다. 이번 『녹벽』은 『산토끼』 직후 오늘까지의 작품에서 낼 수 있
는 것만을 꺼냈다. 그중에는 《서울신문》·《희망》·《신태양》 등에 실
었던 것도 여럿이나 몇 편은 도사리고 잡히는 것만을 묶었다.

이리하여 나는 아래와 같은 낱말이 청산되는 셈이다

약혼
이전의 시
1956년

28세.

그러면 나는
이 시집을 또 하나인 나 계桂에게 드린다.

1956년 11월 말
—『녹벽』 후기

동굴화

시집 『동굴화』
1957년 12월 14일
_자필 수제본 시집, 시 35편 수록

이 해가 지나면 벌써 서른이 된다.

아버지가 되면 윗수염 조금은 남겨놔야 하고 속은 더 채워져
야지, 어떻게 생긴 아이의 아버지가 되나 하는 생각보다 내가 어떻게
아버지가 될 수 있나 하는 걱정이 우습다.

× × ×

아내가 웃고 있다.

× × ×

지나간 날은 더 회상하고 싶지 않다.
지나간 시집은 더 펴들고 싶지 않다.

작년 이맘때 고된 날 위하여 조병화 선생님이 "스스로 자작한 아담한 시집인데 생소한 정서와 부드럽고 따뜻한 체온이 넘치는 아름다운 서정시집이다."라고 어느 신문에 평해준 제2시집 『녹벽』에도 그새 가까이하고 싶질 않다. 새로 만든 제3시집 『동굴화』까지가 혼자서의 피로를 위로하기도 전에 벌써 마음에 들지 않는다.

그러고 보면 쉽게 싫어진다.
알고 보면 싫은 것뿐이다.

세상은 싫어서 산다.
사랑은 싫어서 해보았다.

× × ×

좀 더 시보다는 인간과 함께 호톳하게 살고 싶었고 고독보다는 인간을 달래보고 싶었다. 그런데 인간은 고달파 누우면 억울해지고, 억울할수록 파고든 고독이 내 약한 가슴에 살곤 했다.

이렇게 살아가는 인간인 나에게도 무엇인가 손에 들고 달래보고 싶었기에, 위로가 되지 않는 고단한 짓을 했다.

× × ×

그래도 불안하다.
또 그 사람이 날 불러낼 것만 같다.

양순하게도 인간은 불안을 낳아
그것을 키우다 간다.

그렇다고는 하지만
해마다 낙엽처럼 유서만을 쓰다 갈 수도 없는 나.
올해에도 사람들에게 무한 미안했음을 말하고 나 하나만이라도 교묘하게 그른 사람이 되는 것을 반성해보자.

1957년 11월 말
ー『동굴화』 후기

이발사

시집 『이발사』
1958년 12월 1일
_자필 수제본 시집, 시 54편 수록

위대한 인간의 정치와 위대한

정치의 인간을 생각해본다

온순한 바람이 불어

벚꽃이 지게 하라

빨간 마음이 익어

보들한 인간이 살게 하라

1958년 4월

ㅡ『**이발사**』 서문

그때쯤 되면 여인이 아이를 배듯이 나도 이때쯤에선 시집을
하나씩 낳고 싶다

작년에도 요맘때 낳아서 서울에도 보냈고 시골에서 나누어 읽
었다

서울에서는 박목월 선생님이 "직장의 어느 한구석에서 등사판
으로 밀어 정성껏 꾸며본 조그마한 사화집詞華集…… 자기의 생활을
이처럼 투철하게 의식하기란 어려운 일인데" 하고 시골에 사는 저에
게 동정을 보내주어 격檄이 되었지만

재작년에는 사방으로 분주하셨을 조병화 선생님이 아무것도
아닌 것을 두 차례나 《경향신문》에 평해주신 것이 잊히지 않아 오늘
도 시 쓰는 힘이 된다

어쩌면 그렇게 서로 모르는 척하고 지나야 되는지…… 생각했
던 선배 선생님이 보내준 이야기라 아직 만나 인사드리지 못한 두 분
이지만 여러 번 만나 뵌 것처럼 다정하다

그 후로는 이렇게 하나씩 만들어서 선배 어른과 벗들에게서
시와 내가 살아가는 데 도움을 받기로 했다

그리고 그것이 다 만들어지면 한 해를 다 보낸 것으로 치고 온
순한 이발사에게서 머리를 깎는다

시와 인간을 아끼는 사람의 건강을 빌며

1958년 12월
—『이발사』 후기

아름다운 천재들

편저『아름다운 천재들』
1962년 12월 25일, 신태양사출판국
_부제 '젊음을 불태운 예술가들의 생애 · 사상 · 작품'

아름다운 천재들에게

나는 천재를 알고 싶었다. 그들의 고독과 불안도 알고 싶었고,
요절의 이유도 묻고 싶었다.

이제 이상의 「자조」에도 수긍이 간다.
키츠의 「폐환」에도 동정이 가고
라디게의 『육체의 악마』에도
다쿠보쿠〔啄木〕의 「빈곤」에도
레르몬토프의 「결투」에도

어현기의 「살의」에도 이해가 간다.

그리하여 나는 이렇게 물었다.
"그래도 예술은 길고 인생은 짧아야 하느냐"고, 더욱이 "인생은 자살이라도 해서 예술을 키워야 하느냐"고, 결코 그런 것이 아니라 했다. 천재의 생애는 거북처럼 길어야 하고 건강은 동백잎처럼 겨울에도 윤이 있으라 했다.

나는 여기 『아름다운 천재들』의 표석을 위하여 20여만 페이지의 책장을 넘겨 갔다. 마치 먼 곳으로 떠난 순례자처럼 그들을 찾아다녔고, 외로운 나그네처럼 그들을 만나면 반가웠다. 그럴 때마다 그들은 내 손을 잡으며
"요절은 불쾌하오. 오래오래 살아보시오."
더욱이 어느 해와 같이 실망한 수삼인數三人의 문학도들도 구해 달라는 부탁이었다.
먼 세기로부터 오늘에 이르기까지 꼭 백 명을 찾아놓고, 그들의 작품을 수집해보니, 그들의 요절에는 갖가지 원인이 있었고, 그 원인에서 공통된 실마리를 잡기 위해서는 심리학, 특히 청년심리학과, 천재심리학에의 심한 갈증을 느꼈다.
나는 하는 수 없이 남의 그릇에 물을 부어 마신 다음, 천재가 아름다운 이유와 천재가 오래 산 결과도 알아야 하기에 사인死因이

밝은 54명의 요절 작가와 노벨 문학상을 받은 천재들 56명을 분석 대조해 보았다.

이로써 나는 나대로 전 세계 고금을 통한 18세에서 29세 사이에 요절한 천재들을 한자리에 모아놓고 환담하는 기쁨을 가진 셈이 된다.

세상엔 늘 축복받는 사람만이 축복되는 경우가 많다. 그러나 여기 백 명의 천재에게는 역사가 지나갈수록 그러한 축배가 드물어 간다. 이제부터는 그들 순진한 정열에 살았던 천재들 앞에 한 그루의 아름다운 꽃과 건전하게 살아야 하는 오늘의 천재들에게 긴 날개를 주어야 한다.

끝으로 이 책을 위하여 협조해주신 은사 조재억 선생님과 서문을 주신 백철 선생님, 조병화 선생님 그리고 선배 어른들의 저서와 참고문헌에도 고마운 마음 금할 수 없습니다.

1962년 12월
ー『아름다운 천재들』서문

다섯 번째 시집
나의 부재

시집 『나의 부재』
1963년 10월 15일, 성문사
_시 35편이 수록된 다섯 번째 시집

『나의 부재』를 엮고 나서

1955년 봄부터 해마다 시집을 냈다.

『산토끼』, 『녹벽』, 『동굴화』, 『이발사』.

물론 판매소를 거쳐 나간 것은 아니지만 내게는 귀중한 것들이다.

『나의 부재』는 『이발사』 이후의 시집이다.

이것은 모두 허위에 찬 목소리다.

그러나 그 허위는 이미 내 몸에 배어 빼지 못하는 독소가 되었다.

여기 허위로 엮은 언어의 배열이 나 스스로 마련한 역사를 가식假植하려는 의미의 부담이라면 나의 작업은 너무 가혹한 것이 아닐는지.

하등의 성원成員도 아닌 내가 항상 부재된 지역에서 부록으로 있거나, 후보로 있는 것도 그러하고, 고정된 수입으로 엄청난 지출을 시도하는 것도 허위 때문에 지탱되는 나의 실재가 아니겠는가.

오늘 내가 어디에 있으며 어디까지 가는 것인지는 모르지만 어디만큼 지나가면 몇 개의 만화萬話라도 들려올 게 아니냐.
그때까지 살지 못하는 경험이 애통하긴 하지만.

시를 쓰다 욕이 되면 욕을 쓰고, 욕이 또 꽃 되면 「악의 꽃」이라 이름하여 달래는 제 마음, 연못에 뜬 흰 구름에 곱살한 얼굴을 묻게 하라. 내 시를 묻게 하라. 이것이 내 시 쓰는 염원.

1963년 9월 19일
－『나의 부재』 후기

나는 나의 길을 가련다

편저 『나는 나의 길을 가련다』
1963년 11월 20일, 휘문출판사
_부제 '요절한 천재들의 생애와 최후'

　　"자살은 죄악이다."

　　"자살은 패배다."

　　이와 같은 표어 두어 개를 가지고 귀중한 생명을 구해낼 수 있다면 ─ 그러나 고흐, 다자이[大宰], 울프 이렇게 더듬어가다 보니 하등 그렇게 할 만한 용기가 나서질 않는다. 오히려 나까지도 자살로 끌려 들어가고 말 것만 같다. 그러한 순간이 생겨나는 것은 그들에 대한 유혹에서가 아니라 나와 너 사이에 일어나는 괴로움에서였다. 마치 자살은 추락, 추방, 추욕을 당했을 때 침몰해버렸으면 시원한 선박과 같은 것인지도 모른다. 그러한 출항을 내 약한 두 손으로 막는다면 나는 확실히 악한이 되는 것이다. 결국 죽어라 살아라 이런 소리는 내가 할 소리가 아니고 네가 너에게 할 소리였다.

그러나 아무리 죽어야 할 이유가 백이 넘는다 하더라도 내가 하고 싶은 말은 죽지 말아야 한다는 한마디다.

우리는 그처럼 짧은 시간의 포말이고자 아름다운 산모의 뱃가죽을 갈기갈기 찢어 놓는 진통을 빌려온 것은 아니다.

그러므로 우리는 우리를 죽이려는 그 순간을 죽여야 한다.

이 일이 쉬운 일은 아니지만 우리들을 죽이려는 유혹에 대한 우리들의 살해가 없을 경우 우리는 살해되거나 자살하게 된다. 잘 생각해볼 일이다.

◇

그리고 여기 수록한 중에 몇 편은 심재우 씨와 장신훈 씨가 엮으신 것도 있다. 김소월, 아쿠타가와 류노스케, 아리시마 다케오의 편은 심재우 씨가, 마릴린 먼로, 헤밍웨이 편은 장신훈 씨가 한 것임을 밝혀 둔다.

참고문헌으로는 자살한 작가들의 작품과 유서를 중심으로 『서양인명사전』, 『세계문학사전』, 『영미문학사전』, 『Encyclopaedia Britannica』, 『세계미술전집』, 『세계문학전집』을 참고로 하였으며 한국의 자살 작가에 관한 것은 《현대문학》을, 일본 자살 작가들의 것은 『자살에 관하여』(가라키 준조)를, 고흐는 세기 신이치의 『고흐』를 각

각 참고로 했다.

　그리고 심·장·우· 형이 쓴 참고문헌은 다음과 같은 것이 있다. 『김소월정전』, 『아리시마 다케오 전집』, 『아쿠타가와 류노스케 독본』, 미월간지, 『현대문학사』, 『나를 배반하는 바』 등이고 끝으로 책을 내어주신 사장 이명휘 씨와 교정을 봐 주신 휘문출판사의 편집부에게 충심으로 사의를 표한다.

1963년 8월 15일

－『**나는 나의 길을 가련다**』 서문

여섯 번째 시집

바다에 오는 이유

시집 『바다에 오는 이유』
1972년 9월 25일, 정진사
_시 57편이 수록된 여섯 번째 시집

개정증보판 시집 『바다에 오는 이유』
1991년 7월 1일, 평단문화사
_시 71편이 수록된 여섯 번째 시집 개정증보판

내가 쓰는 시는 하루에 백 편이라도 부족하지만 내가 발행하는 시집 오백 부는 너무 많다. 그림처럼 단 한 부만을 내가 가지고 싶은 것이 내 시집이지만 인쇄 사정은 그렇지 않다.

그러나 여분의 시집을 나와 같은 심정으로 시를 이야기하고 서로 아껴오며 살아온 사람들에게 드릴 수 있는 계기가 되어 무엇보다도 기쁘다.

나는 이 시집을 그들의 인정처럼 따뜻이 간직하겠다.

1972년 8월 20일

―『**바다에 오는 이유**』 서문

또 태어나면 시를 쓰자. 운명이야 어떤 자리에서 어떻게 손을
내밀든 시 때문에 나는 가난하지 않았으니까. 시는 정말 고마웠다.
그 모두들 날 외면할 적에도 시만은 그렇지 않았으니까.

1972년 여름

남해도·금산에서

―『**바다에 오는 이유**』 후기

나는 이 시집을 처음 펴낼 때 '머리말'에 이렇게 썼다.

내가 쓰는 시는 하루에 백 편이라도 부족하지만, 내가 발행하는 시

집 오백 부는 너무 많다. 그림처럼 단 한 부만 갖고 싶은 것이 내 시집인데, 인쇄 사정은 그렇지 않다. 그러나 여분의 시집을 나와 같은 심정으로 시를 이야기하고 서로 아끼며 살아온 사람들에게 드릴 수 있는 계기가 되어 무엇보다도 기쁘다. 나와 이 시집을 그들의 인정처럼 따뜻이 간직하겠다.(1972)

그런데 한 부면 족하다던 시집을 왜 또 내느냐고 물으면 할 말이 없다.

이 시집에는 내가 《현대문학》을 통해 등단하던 때의 시가 들어 있어 나에게는 뜻이 깊다.

끝부분에 있는 시는 요즘 바다에서 쓴 시다. 시는 변했을지 모르지만 바다에 가고 싶은 마음은 조금도 변하지 않았다.

시집 속에 든 몇 장의 그림은 내가 바닷가에서 나무젓가락에 먹물을 발라 그린 것과 가는 볼펜으로 그린 것들이다. 시의 그림자처럼 따라다니는 그림을 뿌리칠 수 없어 이곳에 넣었다.

1991년 7월
−개정증보판 『바다에 오는 이유』 서문

자기

시집 『자기』
1975년 2월 28일, 대제각
_시 77편이 수록된 일곱 번째 시집

개정증보판 시집 『나도 보이지 않는 곳에서 너만큼 기다렸다』
1991년 12월 10일, 동천사
_시 77편이 수록된 일곱 번째 시집 개정증보판

슬플 땐 더 슬퍼지고 싶고 외로울 땐 더 외로워지고 싶은 내 가난한 심술, 그런 심술로 쓰여진 것이 시집 『바다에 오는 이유』라면, 여기 77편의 『자기』는 더 이상 슬퍼할 수도 없고 더 이상 외로워할 수도 없는 지경의 '나'다. 이젠 슬픔과 외로움만으로 시 쓰기도 지쳤다. 그러나 지쳤을 때 정신을 차려야 한다. 나는 나에게 시가 있는 한 그 슬픔 그 외로움에 쓰러지지 않겠다.

오래오래 지도해주신 김현승 선생님 그리고 조병화 선생님께
감사드립니다.

1975년 봄

—『자기』서문

어디다 버려도 시 쓰는 사람에게는 시가 있어 좋다. 그것만으
로도 시인의 현실은 한 가닥 해결이 되는 셈이다. 살수록 허해지는
시간에 나의 시를 쓰며 남의 시를 게을리하지 않고 읽는 일은 시에게
서 버림받지 않으려는 일이다. 시에게서 버림받는 일 그보다 더 큰
벌이 어디 있겠니. 나에게서 시를 빼앗기는 일 그보다 더 큰 재앙이
어디 있겠니.

시야, 너는 참 고맙다. 너는 하늘이 만들어준 내 평생의 날개
다. 너는 내 어머니가 만들어준 영원한 양식이다.

1975년 봄

—『자기』후기

슬플 땐 더 슬퍼지고 싶고 외로울 땐 더 외로워지고 싶은 내 가난한 심술, 그런 심술로 쓰여진 것이 시집 『바다에 오는 이유』라면, 여기 『나도 보이지 않는 곳에서 너만큼 기다렸다(자기)』는 더 이상 슬퍼할 수도 없고 더 이상 외로워할 수도 없는 지경의 '나'다. 이젠 슬픔과 외로움만으로 시 쓰기도 지쳤다. 그러나 지쳤을 때 정신을 차려야 한다.

이 글은 『나도 보이지 않는 곳에서 너만큼 기다렸다』(1991)가 『자기』(1975)라는 이름으로 나왔을 때의 머리말이다.

그동안 시만 쓰면 그만이지 하고 있었는데 이제 그렇지 않다는 것이다. 그때 그 시는 변하지 않았지만 시를 읽는 사람은 그때 그 사람이 아니라는 것이다. 그러니⋯⋯, 이는 어려운 숙제다. 그래서 내심 주저하다가 만년필과 단말기를 그렸다. 내가 그 시를 썼던 만년필이 단말기로 변했기 때문이다. 그리고 그 만년필로 단말기에 떠오른 그림자를 그렸다.

2000년 2월
—개정증보판 『나도 보이지 않는 곳에서 너만큼 기다렸다』 서문

전에 펴냈던 시집 『자기』(1975)를 다시 펴내기 위해 먼지를 털어서 읽어봤다. 젊어서 내가 타인처럼 느꼈을 때 하던 소리, 이 시집은 그런 점에서 너무 나를 닮았다. 시를 쓰다 보면 가끔 엄살을 부리고 싶은 때가 있는데 이 시집에서는 그런 엄살보다 예리한 창으로 내가 나를 찌른 흔적이 있어 좋다. 「정충시절」과 「사후」를 포함해서 77편, 모두 독백에 가까운 것들이다. 그때의 '후기'를 그대로 적어두자.

어디다 버려도 시 쓰는 사람에게는 시가 있어 좋다. 그것만으로도 시인의 현실은 한 가닥 해결이 되는 셈이다. 살수록 허해지는 시간에 나의 시를 쓰며 남의 시를 게을리하지 않고 읽는 일은 시에게서 버림받지 않으려는 일이다. 시에게서 버림받는 일 그보다 더 큰 벌이 어디 있겠니. 나에게서 시를 빼앗기는 일 그보다 더 큰 재앙이 어디 있겠니. 시야, 너는 참 고맙다. 너는 하늘이 만들어준 내 평생의 날개다. 너는 내 어머니가 만들어준 영원한 양식이다.

−개정증보판 『나도 보이지 않는 곳에서 너만큼 기다렸다』 후기

그리운 바다 성산포

시집 『그리운 바다 성산포』
1978년 12월 3일, 신도출판사
_시 81편이 수록된 여덟 번째 시집

개정 1판 시집 『그리운 바다 성산포』
1987년 3월 10일, 동천사
_시 81편이 수록된 여덟 번째 시집 개정판

개정 2판 시집 『그리운 바다 성산포』
2008년 8월 10일, 우리글
_시 81편이 수록된 여덟 번째 시집 개정판

햇볕이 쨍쨍 쪼이는 날 어느 날이고 제주도 성산포에 가거든 이 시집을 가지고 가십시오. 이 시집의 고향은 성산포랍니다. 일출봉에서 우도 쪽을 바라보며 시집을 펴면 시집 속에 든 활자들이 모두 바다에 뛰어들 겁니다. 그리고 당신은 이 시집에서 시를 읽지 않고 바다에서 시를 읽을 것입니다. 그때 당신은 이 시집의 시를 읽는 것이 아니고 당신의 시를 읽는 것입니다. 성산포에 가거든 이 시집을 가지고 가십시오. 이 시집의 고향은 성산포랍니다.

1978년 10월 20일
— 『그리운 바다 성산포』 서문

해마다 여름이면 시집과 화첩을 들고 섬으로 돌아다녔다. 안면도, 황도, 덕적도, 용유도, 울릉도, 완도, 신지도, 고금도, 진도, 흑산도, 홍도, 거제도, 제주도, 내라로도, 외라로도, 쑥섬, 거문도⋯⋯⋯⋯

이렇게 돌아다니며 때로는 절벽에서 때로는 동백 숲에서 때로는 등대 밑에서 때로는 어부의 무덤 앞에서 때로는 방파제에서 생활이 뭐고 인생이 뭔가 고독은 뭐고 시는 무엇인가 생각하며 물 위에 뜬 섬을 보았다.

그때마다 나는 섬이었다. 물 위에 뜬 섬이었다.

그러나 통통거리며 지나가는 나룻배, 벙 벙 울며 떠나는 여객선, 억센 파도에 휘말리며 만년을 사는 기암절벽, 양지바른 햇볕에 묻혀 조용히 바다를 듣는 무덤, 이런 것들은 내 가슴을 시원하게 하는 낙원이었다. 그러고 보면 나는 살아서 낙원을 다닌 셈이다. 그 낙원에서 맑고 깨끗한 고독을 마실 때 나는 소리치고 싶었다. 그것을 시로 쓴 것이다.

『그리운 바다 성산포』 81편의 시 가운데 ①에서 ㉔까지는 1975년 여름에 성산포에서 쓴 것인데 그해 10월에 동인시집『다섯 사람의 분수』에 실었었고 ㉕에서 ㉛까지의 57편은 1978년 초봄 그곳에서 바다를 보며 정리한 것들이다. 그중에는 《현대문학》,《시문학》,《월간문학》 등에 발표된 것도 있다. 그리고 「전설」 10편은 성산포 주변의 전설을 머리에 담고 쓴 것들이다.

이제 나는 한없이 기쁘다. 근 30년 바다와 섬으로 돌아다니며 얻은 시를 한 권의 시집으로 낼 수 있어 기쁘다. 이 시집을 가지고 또 성산포로 가야겠다. 일출봉 바위 꼭대기에 앉아 파도 소리와 함께 목이 터져라고 이 시를 읽어야겠다.

시여 시여 잘 살아라

나보다 곱게 잘 살아라

1978년 10월 20일
성산포에서
－『그리운 바다 성산포』후기

다시『그리운 바다 성산포』를 펴내며

신도출판사에서 500부를 찍어낸 지 9년 만에, 동천사에서 20
년 동안(1987~2007) 베스트셀러 10위권에 올려놨고 끈질긴 스테디
셀러에도 걸쳐놨다. 그러다가 다시 '우리글'로 온 것인데, 한 권의 시
집이 소멸되지 않고 저자가 살아 있는 동안만이라도 새로운 독자를
찾아 나선 것은 기쁜 일이 아닐 수 없다. 이 기쁨을 독자들과 함께 하
고 싶다.

2008년 7월 10일
－개정 2판『그리운 바다 성산포』서문

언제 와봐도 성산포는 듬직하고 아름답다. 그곳에서 파도 소리를 들으며 살고 싶다. 나는 해마다 1월 1일 아침 일찍 일출봉에 올라 목이 터져라 하고 시를 읽었다. 처음엔 50명 100명 이렇게 이어지더니 급기야 1,000명이 모여든 적도 있다. 물론 새아침을 맞으려 모여든 것이지만 그들에게 「그리운 바다 성산포」는 커다란 힘이 되었다.

이제 일출봉에서의 시 낭송은 새벽 찬바람을 마시며 가파른 계단을 오르내리기 힘들어 계속하지 못하고, 다랑쉬오름 아래 아끈 다랑쉬오름에서 성산포를 내려다보며 시 낭송을 하고 있다. 이것만으로도 나는 행복하다. 앞으로는 내가 제주도를 사랑한 만큼 『그리운 바다 성산포』가 사랑하리라 믿는다. 『그리운 바다 성산포』에 활력을 준 '우리글'이 고맙다.

2008년 7월 10일

—개정 2판 『그리운 바다 성산포』 후기

아홉 번째 시집

산에 오는 이유

시집 『산에 오는 이유』
1984년 4월 25일, 대제각
_시 54편이 수록된 아홉 번째 시집

개정판 시집 『산에 오는 이유』
1992년 11월 1일, 평단문화사
_시 54편이 수록된 아홉 번째 시집 개정판

　　여기 54편의 시는 1977년에서 1984년 사이에 산을 오르내리
며 쓴 시다. 몇 해 전만 해도 나는 바다에 관한 시를 즐겨 썼다. 시집
『바다에 오는 이유』와 『그리운 바다 성산포』가 그것이다.

　　물론 지금의 내 시가 바다를 멀리한 것은 아니다. 아직도 내

산 밑에는 바다가 깔려 있다. 그리하여 그 산은 외로운 섬이 되고 만다. 내 산은 모두 섬처럼 외로운 산이다. 그래서『산에 오는 이유』도『바다에 오는 이유』와 같다.

—『산에 오는 이유』 서문

산에 갈 때에도 섬에 갈 때처럼 화첩을 가지고 다녔다. 시가 떠오르면 시를 쓰고 긴 산맥이 눈길을 끌면 그 산맥을 화첩에 옮겨놓았다. 산에서는 예쁜 나무, 청청한 솔, 외로운 고사목枯死木 이런 것들이 나와 시와의 관계를 더 깊게 해주었다. 죽은 뒤에도 꼿꼿이 서 있는 나무는 외로움을 끝까지 참아가는 시였다. 나는 그들의 영상을 아직도 버릴 수 없어 이 시집에 담았다. 오래간만에 내 손으로 만든 시화집을 가질 수 있어 기쁘다.

1984년 봄
—『산에 오는 이유』 후기

섬에 오는 이유

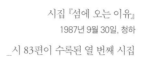

시집 『섬에 오는 이유』
1987년 9월 30일, 청하
_시 83편이 수록된 열 번째 시집

섬에서 쓴 시

한평생 섬으로 돌아다니며 시만 쓰고 싶다. 우리나라 섬 3,400
여 개를 찾아다니며 외로운 시만 쓰고 싶다. 섬에서는 외로움과 그리
움이 더 깊고 진하게 떠오르니까.

태풍으로 밀려난 방파제에 누워 밤을 새울 때 예쁜 달이 시가
되었고, 바닷가에서 갈매기랑 놀던 흑염소가 시가 되었다. 민박집 건
넛방에서 들려오는 모녀의 울음소리가 시가 되었고, 성어기盛漁期에
돈 벌러 온 소녀의 한숨 소리가 시가 되었다.

열 번째 시집이다. 예까지 오니 내가 섬이 된 기분이다. 시란 이런 것인가 하고 자조하며 파도 소리로 외로움을 달랜다.

1987년 여름
―『섬에 오는 이유』서문

갈매기 모여드는 곳

시를 시작할 때부터 사기 치기 시작한 것 같아 부끄럽다. 깨끗한 언어를 골라서 포주 노릇한 것 같아 부끄럽다. 언어와 나와는 불가분의 관계였다고 아무리 변명을 해도 부끄러움이 가시질 않는다. 나도 전에는 꽤 순진한 놈이었는데, 그때의 그놈을 되찾기 위해서 시를 쓴다고 하면 이중으로 사기 치는 꼴이 될까.

부끄럽긴 하지만 시 쓰는 일로 후회하지는 않았다. 비록 그 작업이 무허가업소에서 간판 없이 하는 일처럼 불안할 때도 있었지만 한 번도 문을 닫은 적은 없다. 그저 끝까지 해야 한다는 다짐은 하면서도 늘 부끄러움을 면할 길이 없다. 자꾸 작아지고 싶고 자꾸 먼 데로 가고 싶은 마음까지도 남의 눈엔 위선으로 보일지 모르겠다. 언젠가 시집을 낼 때 작은 사진을 세 배로 늘려서 내놓은 부끄러움까지도 내 기만으로 여겨진다.

어리섬에서 다섯 가구가 영원을 맹세하며 땅을 파고 감자를 심고 애들을 기르자던 그 맹세를 버리고 큰 섬으로 나온 그들도 위선일까 하는 생각은 남의 일이라 치고, 소주도에서 세 사람이 밭 매며 살다가 염소·닭·돼지 모두 털리고는 다시 뭍으로 들어간 그 사람들도 위선일까. 그들까지 내 위선의 변명으로 끌어들일 필요는 없다.

외딴섬 소나무밭 속에 우뚝 솟은 고압선 철탑. 빨간색과 흰색이 번갈아 하늘로 올라가고, 교실 하나가 유난히 외롭게 보이는 분교 운동장에 펄럭이는 기가 그렇게 신이 날 수 없다. 그 평화를 지나가던 갈매기조차 부러워하는 오후다. 이런 때일수록 내 위선은 상당한 사치성까지도 내보인다. 내가 이 섬에 와서 며칠이 지나도록 속옷은 고사하고 양말 한 짝 갈아 신지 않고 창문으로 바다만 내다봤다는 그 행위마저도 시원한 갯바람을 맞아보면 다분히 사기라는 거다.

아무 일도 하지 않고 보고만 사는 꼴이, 남의 설움을 구경만 하는 꼴이, 그렇다고 제 아픔은 없느냐 하면 그것도 아닌 것이…… 그게 다 위선이라는 거다.

저는 그 연극에서 역할이 끝나면 넝마를 벗고 포장집에 들어가 소주 한잔이라도 마시겠지만 진짜 넝마주이는 그대로 그 자리에 남아 있다는 사실, 그런 것 때문에 내 사기성은 더 뚜렷해진다.

 내가 모든 것과 단절하고 있는 동안에도 가락여 쪽의 파도는
여전히 심술궂고, 등대가 서 있는 글씽이굴 쪽은 벽에 걸린 거울 같
다. 그 잔잔한 거울 속에 내 사치와 위선이 보이는 것은 부끄럽다. 그
렇다고 내가 이 섬에 와서 강씨의 술을 끊게 하고 야산에 소나무를
심게 하고 해초를 건져 보리밭을 비옥하게 하고 돌을 끌어다가 선착
장을 만들자고 소리를 높이는 그런 일은 어떨까.

 강씨가 내미는 술잔을 받자. 그리고 고래고래 소리치는 그의
티 없는 소리를 듣자. 이 섬에서 평생을 살았어도 외롭다는 소리 한
마디 안 했을 강씨의 주장을 듣자. 내 시보다도 몇 배 깨끗하고 진솔
한 소리. 글 한 자 배운 일은 없어도 남을 해치지 않고 불편 없이 살
았다는 강씨. 너는 하루 종일 처박혀서 글자만 쓰고 있는데, 안다는
놈, 너는 뭐냐. 갈매기 눈이 그의 눈이고 그의 눈이 갈매기 눈이다.
강씨는 웃는다. 자기는 이름 석 자도 다 알지 못하고 가운데 글자가
새 봉 자라는 것만 알지 쓸 줄을 모르는데 너는 글자를 얼마나 알기
에 하루 종일 써도 남느냐 한다. 새 봉 자 하나만 가지고도 60년을 살
아왔다는 그에게 나는 시 쓰는 사람이요 하고 얼굴을 들 수가 없다.
시 쓰는 일이 강씨 앞에서는 왠지 부끄럽다.

이 섬은 강씨의 것이지 내 것이 아니다. 이 바다는 강씨의 술이지 강씨의 시는 아니다. 나는 강씨가 내미는 술잔을 받는다. 그리고 그 술맛이 내 시보다 더 진한 것을 안다.

1987년 매물도에서
−『**섬에 오는 이유**』 후기

시인의 사랑

시집 『시인의 사랑』
1987년 12월 21일, 혜진서관
_시 70편이 수록된 열한 번째 시집

개정증보판 시집 『시인이 보내온 사랑의 편지』
1991년 3월 23일, 혜진서관
_시 83편이 수록된 열한 번째 시집 개정증보판

시인이란 평생을 두고 사랑에 열중하는 사람이다. 시에 있어서 사랑은 너무나도 크고 아름다운 것, 시를 쓰는 첫째 이유도 사랑 때문이다.

이 시의 대상은 물론 그리운 여인이다. 그러나 전부 여인으로 표현되지는 않았다. 시인에게는 산도 바다도 꽃도 나비도 여인이니까. 그래서 시인은 사랑에 너무 욕심이 많은 사람인가 보다.

시 70편으로 사랑을 다 말한 것은 아니지만 원고를 정리하고 나니 서운한 생각이 든다. 그 아름다운 사랑이 겨우 한 권의 시집인가 하고. 그러나 이 시집이 아닌들 어디서 그 사랑을 다시 만나겠는가.

시는 고마운 사자다. 그리운 사람을 되돌려주는 고마운 사자다.

−『시인의 사랑』 서문

나를 버리고

시집 『나를 버리고』
1988년 7월 30일, 한국문학사
_시 77편이 수록된 열두 번째 시집

나는 잘 웁니다. 슬플 때만 우는 것이 아니라 기쁠 때도 웁니다. 만날 때도 울고 헤어질 때도 울었습니다. 그래서 '병신'이라는 소리를 많이 들었습니다. '울긴 왜 울어 사내자식이' 하고 혼난 후로는 겉으로 울지 않고 속으로 울었습니다. 남들은 이주일 씨만 봐도 웃는데 나는 그와 반대입니다. 언젠가 권력이 많은 사람이 시민의 길을 세 시간이나 막고 있다가 불과 10초 동안에 그 길을 지나갔을 때 나는 울었습니다.

기쁜 일과 슬픈 일을 구별 못해서 그러는 것이 아닙니다. 공연히 엄살 부리느라 그러는 것도 아닙니다. 나의 시는 지워지지 않는 눈물의 흔적입니다. 아직도 울 일이 남아 있습니다.

이 시집은 나의 열두 번째 시집입니다. 열한 번째까지의 시집에 들어 있는 시는 이곳에 넣지 않았습니다.

1988년 여름

—『나를 버리고』 서문

내 울음은 노래가 아니다

시집 『내 울음은 노래가 아니다』
1990년 8월 30일, 청하
_시 115편이 수록된 열세 번째 시집

개정증보판 시집 『개미와 베짱이』
2001년 9월 30일, 수문출판사
_시 135편이 수록된 열세 번째 시집 개정증보판

아름다운 꽃 중에서 나는 어느 것에 속할까 하는 생각보다 수많은 벌레들 가운데 어느 것에 속할까 하는 생각에 잠길 때가 있다. 그것이 이 시집을 낳게 한 동기다.

풀숲에서 바스스 일어나 혼자 먹이를 찾고 혼자 울다가 혼자 자는 곤충을 보면 어쩐지 가난한 시인들의 퇴화 같아서 눈물이 난다.

곤충은 할 말도 많고 웃을 일도 많을 텐데 말도 않고 웃지도 않는다. 나는 그들이 하고 싶어 하는 말과 그들이 웃고 싶어 하는 웃음을 시로 썼다.

한라산 윗세오름에서 만난 쇠똥구리에게 이 시집을 보낸다.

1990년 1월
ㅡ『내 울음은 노래가 아니다』 서문

1

나뭇잎이 다 떨어지고 앙상한 까치집이 드러나던 날 무심코 창가에 서 있었다. 무엇인가 한꺼번에 잃은 것 같아서 그랬다. 이때 창유리에 붙어 움직이지 않는 베짱이가 눈에 띄었다. '개미와 베짱이! 개미에게 푸대접받고 갈 곳이 없어 내게로 온' 것은 아닌지 하는 직감이 금시 나를 베짱이로 만들었다.

나는 죽으면 곤충이 될 거라는 생각을 했었다. 내가 죽는 날 조물주는 개미와 베짱이를 내놓고 어느 것이 되겠느냐고 물을 것이다. 그러면 나는 서슴없이 '베짱이!'라고 대답하겠지. 이것은 동화책에서 읽은 '개미와 베짱이'에 대한 의문이 아직 풀리지 않았기 때문이다. 과연 개미처럼 사는 것이 옳은 것인지, 아니면 베짱이처럼 사는 것이 옳은 것인지 하는 의문. 그것은 오랫동안 시를 쓰면서도 그랬다. 비록 핀잔(모욕)을 준 개미지만 개미를 즐겁게 해주려면 베짱이가 돼야 한다는 생각은 '개미와 베짱이'를 읽은 후부터의 마음가짐이다.

한여름 뙤약볕에서 일하기 싫어서가 아니다. 개미에게 원한이 있어서도 아니다. 개미에게 부드러운 선율을 주고 싶어서 베짱이가 되겠다는 것이다. 일하는 그와 일하지 않는 내가 공존해야 한다는 속셈이기도 하다. 그렇다고 개미에게 의지하겠다는 이야기는 아니다.

비록 겨울에 갈 곳이 없어도 시를 놓치지 않겠다는 의지는 개미가 일에서 손을 떼지 않으려는 의지와 같다.

시인의 겨울은 춥고 배고프다. 그러나 춥고 배고픈 또 다른 이의 삶을 생각하는 마음은 개미보다 베짱이에게 더할 것이다. 그것은 가슴에 부드러운 선율이 있기 때문이다.

2

이 시집은 11년 전에 발표했던 『내 울음은 노래가 아니다』(1990)에 최근의 곤충시 22편(앞부분)을 더해 『개미와 베짱이』라는 이름을 달았다.＊ 곤충에 대한 나의 관심은 그때나 지금이나 변함이 없다.

3

무참하게 때려준 바퀴에게 미안하다. 이 시집을 바퀴에게 주
겠다고 하면 바퀴가 웃겠지. 웃어도 하는 수 없다.

2001년 가을

—개정증보판 『개미와 베짱이』 서문

나의 곤충기

1

나는 곤충을 통해서 조물주의 익살스러움을 보았다. 송장벌레
가 시체에 들어가 알을 까고 사마귀가 교미 끝에 수컷을 잡아먹고 여
왕벌이 수만 마리의 새끼를 까고 물자라가 수컷 등에 알을 백 개씩이
나 까서 업어 키우게 하고 저는 또 다른 수컷을 찾아가는가 하면 어
느 메뚜기에게는 날개도 다리도 목소리도 반쪽밖에 주지 않았다. 정
말 엄청난 일을 하면서 자기 기량에 도취했을 조물주, 그는 분명 익

• 『내 울음은 노래가 아니다』의 115편 가운데 「의심스러운 벌레—거미」, 「희망사항—곤충기」 2편이
빠지고 새로 22편이 추가되어 『개미와 베짱이』에는 총 135편의 시가 실렸다.

살스러운 시인이다. 나도 그이처럼 웃어가며 시를 쓰고 싶다.

2

나는 벌레 출신인데, 나의 본능은 살아가면서 오염됐다. 윤리와 도덕 그리고 질서와 양심 교육과 교훈 서적과 강의, 지시와 경고 등으로 오염됐다. 이제 나는 나의 솔직하고 순수한 나를 찾기 어렵다. 그 알뜰하고 간편한 본능을 내 몸뚱이에서 찾고 싶은데 알아볼 수 없을 정도로 퇴화되고 변질됐다. 그러나 아직 곤충에게는 내가 찾고 있는 본능이 그대로 남아 있어 다행이다. 그중에서도 식食과 성性의 본능도 좋지만 고독에 대한 본능은 더 매력적이다.

북한산 어느 바윗돌에 앉아 이 글을 쓰고 있는데 몸길이 5mm쯤 되는 곤충이 메모지 위로 기어오르기에 그대로 그렸다. 그때 나는 이 지구상에 다른 모습으로 태어난 또 다른 나를 만난 것 같아서 갑자기 차가운 고독에 잠겼다. 나는 이 곤충의 이름을 모른다.

3

나는 지금 사람이지만
악착같이 시를 써서
곤충이 될 거다
풀밭에서 찌르르 우는
곤충이 될 거다

―「곤충기」에서

이것이 사실일지도 모른다. '나는 지금 사람이지만' 하는 '사람' 그것에 자신이 없다. 시를 가지고 무엇을 하겠다는 것인지, 그 자신은 더욱 없다. 그저 작은 것들과 도망치며 살아온 기억만 남아 있다. 나를 축소하는 일은 나를 확대하는 일보다 어렵다. 나를 확대하다 보면 어디서나 나밖에 보이지 않는다. 차라리 이 세상엔 내가 없다는 경지까지 축소해보자. 그때 꿈틀거리는 한 마리의 곤충은 정말 희귀한 생존인 것이다.

4

나는 죽어서 벌레로 다시 대어날 것 같다. 발이 많은 지네나 갯강구로 태어날 것 같다. 갯강구는 바닷가에 살아서 좋지만 떼 지어 다니는 것이 싫고 지네는 고독하게 살아서 동정이 가지만 몸에 독이 있어 싫다. 배추벌레쯤이 좋을 것 같다. 평소에 채소를 좋아했으니 푸른 잎을 갉아먹는 배추벌레 그것이 되기 위해 나는 살아서 무슨 일을 해야 하나.

5

어렸을 때 산수책에 그려져 있던 사과나무, 거기에 매달린 사과 열 개에서 세 개를 따면 나무에 몇 개가 남느냐는 문제를 계산하는 것보다 사과가 탐스럽게 열린 그 그림이 좋았다. 손이 닿는 곳에 매달린 사과 그것을 따서 껍질째 먹는 신선한 맛, 먹다가 사과 속에 도사리고 있는 벌레를 본다. 처음엔 징그럽다가 나중엔 벌레 먹은 데만 베어내고 먹으면 아무 탈이 없었다. 그런데 지금은 어떤가. 사과나무 밑에서 사과를 따는 즉시 그 사과를 먹을 수 있는가? 합성세제를 발라 인조 수세미로 몇 번이고 문질러도 약 기운이 남아서 미끈거린다. 그리고 사과 속에 도사리고 있는 벌레도 볼 수 없다. 벌레는 사과를 뚫고 들어오기 전에 농약으로 몰살당한 것이다. 벌레가 먹지 않는 사과는 사람도 먹지 못하는 사과다. 가끔 벌레가 들어 있는 사과를 보고 싶다.

사과와 나는 같은 혈육이다
그러나 사과는 내게 먹힌다
더욱 놀라운 것은

벌레도 사과를 먹고 있다는 사실이다

벌레는 사과 속에서 먹고 입고 자기까지 한다

너무 평화스럽게 살고 있어서

쫓아낼 수가 없다

그렇다고 사과를 통째로 주기는 아깝다

알고 보니 벌레는 나보다 더 가까운 사이다

그때부터 나는 위축되기 시작했다

아니 저것이 나보고 벌레라고 부를 것 같다

도둑은 집이라도 남겨 두는데 저놈은

집까지 먹어버리는 벌레라고 할 것 같다.

—「나와 벌레와의 관계」(『나를 버리고』, 1988)

6

나는 풀밭을 거닐다가 잠자리채를 들고 있는 애를 봤다. 그 애의 플라스틱 채집 바구니에는 매미가 네 마리 들어 있었다. 감옥에 갇힌 것 같아서 꺼내주고 싶었지만 아이가 큰 소리로 울 것 같아서 그만뒀다. 어려서 곤충하고 노는 애는 어딘지 모르게 동정이 간다. 곤충도 불쌍하지만 그 애도 불쌍하게 보인다. 그러나 그 애는 조금도 그런 표정을 짓지 않았다.

사마귀는 일주일 전에 잡혀왔고 거미는 일주일 후에 잡혀왔다. 둘 다 죄 없이 잡혀왔다. 죄라고 하면 '잡힌 죄' 그것뿐이다. 둘다 유리 감옥으로 들어갔는데 거미는 들어가자마자 죽었다. 처음엔 죽은 체하나 보다 했는데 정말 제 성질에 못 이겨 죽었다. 사마귀는 서슴지 않고 거미 등허리를 물어뜯고 피를 빨아먹었다. 나는 거미가 힘센 것으로 알았는데 사마귀가 더 힘이 셌다.

사마귀는 넓은 입을 씻으며 나를 보고 하는 소리가 "너도 들어 오기만 하면 이렇게 뜯어먹겠다"고 위협한다. 조금도 틀린 말이 아니다. 죄 없는 것을 감옥에 가둔 것은 나였으니까.

7
사람이 살지 않는 외딴섬에 앉아 있으면 바위틈이나 풀밭에서 꿈틀거리는 것이 있다. 곤충이다. 이것을 보았을 때 처음으로 그 섬이 살아 있음을 알게 된다. 한라산, 울릉도의 성인봉, 우이도 상산에 오를 때에는 쇠똥구리, 사마귀, 여치, 나비, 딱정벌레, 메뚜기를 보느라고 발걸음을 멈춘 일이 많았다. 그리고 길바닥에 말라 죽었거나 개미가 끌고 가다가 버린 곤충을 꼭 집에까지 가지고 왔다. 지금도 내 책상 위에는 바삭 마른 잠자리와 하늘소가 있다. 죽은 곤충이지만 살아 있을 때를 생각하게 해서 좋다. 좀 궁상맞긴 하지만 만물의 영장이라고 뽐내는 인간들의 허를 찌르는 데는 죽은 곤충 한 마리에도 예리한 언어의 실實이 있음을 확인하고 혼자 웃는다.

8

나는 숲 속이나 바닷가를 혼자 거닐며 쓸쓸해지기를 좋아한다. 겨울날 아무도 오지 않는 소매물도 소나무 숲 속에서 나는 싸늘한 고독에 취한다. 역시 겨울 바닷가는 쓸쓸해지기에 알맞은 곳이다. 몽산포의 조용한 겨울 모래밭에서도 그렇다. 겨울엔 곤충들이 땅속에 있다. 나도 겨울엔 땅속으로 들어가 혼자 있고 싶다.

곤충의 일생은 짧습니다
그런데도 도중에 살기 싫으면 죽어지내는
가사假死가 있습니다
나는 그것이 제일 부럽습니다

―「편리한 죽음·곤충기」

벌레들은 먹고 생식으로 이어지고 나는 먹고 생각으로 이어진다고 하면 건방진 말일까. 『내 울음은 노래가 아니다』를 쓸 무렵은 좀 생각하는 시기였다. 내 생의 성숙기였으니까. 그래서 곤충을 만나면 반갑고 가엾고 또한 그런 것들에 대한 나의 무력함이 서글프기도 했다. 하지만 곤충에게도 속 편한 때가 있다. 그것은 괴로울 때 가사假死하는 일이다. 나에게도 그런 기회가 주어졌다면 나는 두 번쯤 이용했을 것이다. 한 번은 십대에서였고 또 한 번은 이십대에서였을 것이다. 그러나 나에겐 한 번도 가사가 주어지지 않았다.

9

아무 데나 멀리 떠난다고 해서 꼭 멀리 간다는 기분이 나는 것
은 아니다. 가령 서울에서 파리로 혹은 로마로 이렇게 먼 도시로 계
속 간다고 해도 멀리 간다는 기분이 나지 않을 때가 있다. 그러나 서
울에서 먼 섬 가사도加沙島로 해서 관매도觀梅島, 서거차도西巨次島
그리고 맹골도孟骨島 이렇게 자꾸 작아지는 섬으로 가다 보면 정말
끝이 나는구나 하는 절박감에 이르게 된다. 가다가 도시를 만나는 것
도 아니고 많은 인가를 만나는 것도 아닌 산과 나무와 풀과 바다와
바람 그리고 곤충 몇 마리만이 쓸쓸하게 사는 섬에서는 언어가 두절
되고 세상과 나는 이것으로 끝이구나 하는 것을 실감하게 된다. 이런
때 무엇이 언어며 무엇이 있음인가. 철썩이는 파도 소리가 언어고 바
람 소리가 언어고 새소리와 매미 소리가 언어일 뿐이다. 이때 울리는
나의 이명耳鳴까지도 언어임을 부인할 수 없다.

10

홍수 속에서 갈증을 느끼듯 죽음 속에서 또 다른 삶을 갈구하
게 될 거다. 시는 나의 삶 속에서의 또 다른 삶을 갈구하는 소리라고
하면 나의 곤충기는 죽어서의 또 다른 삶을 갈구하는 기록이다. '저
세상에 가서도 시를 쓰자'고는 했지만 죽어서 시를 접할 기회는 없
다. 곤충기는 영혼의 방황기까지 시로 차지하려는 나의 욕심, 그것을
나는 허황된 것으로 여기지 않는다.

11

나는 딱딱한 시론보다 곤충기를 즐겨 읽는다. 파브르의『곤충기』나 조복성 씨의『곤충기』, 내가 조복성 씨의『곤충기』를 산 것은 1962년 서울 동대문 헌책방에서였다. 손바닥만 한 책(총 132면), 그 책을 살 때만 해도 곤충에 관한 시를 쓸 생각은 없었다. 살아가면서 이상하게도 그 책은 나에게 곤충과 가까워지게 했고 곤충의 생활을 시화하는 데 많은 도움을 주었다. 지금도 그 책은 내 손 가까이에 있다. 곤충을 통해서 나의 생활과 나의 본심을 보는 버릇도 생겼다. 이 세상 제일 쓸쓸한 곳에서 곤충을 만나면 무엇인가 주고받는 행위가 이루어질 듯도 했다. 그들은 예리한 눈으로 나를 쳐다봤고, 나에게 무엇인가 말하려 했으며 깊은 생각에 잠기기도 했다. 그런 것들이 나의 가슴속으로 파고드는데 어찌 무심할 수 있겠는가.

—개정증보판『개미와 베짱이』후기

* 이 시집에는 곤충이 아닌 것도 들어 있는데 그것은 시적 이미지 때문에 그랬다.

섬마다 그리움이

시집 『섬마다 그리움이』
1992년 10월 17일, 동천사
_시 96편이 수록된 열네 번째 시집

섬마다 그리움이

혼자 가는데 누가 따라오는 것 같다. 가다가 뒤돌아본다. 아무도 따라오지 않는다. 이 시집에는 그렇게 되돌아본 이야기가 많다. 나는 섬 끝까지 가고 있다. 그곳에 가면 혼자 살 거다. 섬에서 혼자 살기란 여간 외로운 것이 아니다. 그러나 그곳에서 평생을 혼자 산 사람도 있다. 외로움을 참지 못하고 그리움을 쉽게 잊어버리는 요즈음 사람들에게 그런 섬 하나 권하고 싶다.

1992년 가을

—『**섬마다 그리움이**』**서문**

섬의 외로움과 아름다움

1

"호박꽃도 꽃이냐." 이 말을 호박꽃이 들으면 얼마나 서운히 여길까. 섬에서 호박꽃만큼 정이 드는 꽃도 없다. 섬에서는 이상하게 도 보기 싫던 것이 보고 싶어진다. 여름 아침 여섯 시는 섬을 호박꽃 의 천국으로 만드는 시간이다. 신나는 호박꽃 앞에 왕벌이 줄줄이 서 서 기다린다. 오후엔 호박꽃이 문을 닫는다. 꽃은 나그네의 눈동자를 읽는다. 줄곧 따라온 것도 아닌데 나그네의 마음을 읽는다. 그런 인 연으로 이 시집엔 몇 가지 야생화가 등장한다.

2

섬엔 산과 바다가 있어 좋다. 대개의 섬은 바다가 끝나는 데서 산이 시작된다. 산에 오른다. 더 높은 데서 바다를 내려다보고 싶다. 산에 오르면 산의 높이는 사라지고 바다의 너비만 남는다. 나는 구름 따라가고 패랭이꽃은 나를 따라온다. 산꼭대기에서 땀을 씻으며 구 름을 보고 있으면 발바닥에 간지럼 치는 놈이 있다. 쇠똥구리다. 반 갑다.

구름이 산을 넘듯
쇠똥구리가 고독을 굴리며

산을 넘는다
나도 그렇게 넘어가다가
바윗돌에 앉아 땀을 씻는다
바로 옆자리에 패랭이꽃이 앉는다
패랭이꽃은
내가 아홉 살 때 일을 기억하고 있다
더 앉아 있으면
자꾸 그 이야기가 나올 것 같아서
패랭이꽃이 입을 열기 전에
그 자리를 떠난다

—「우이도·패랭이꽃」

3
　나그네는 도착할 때보다 떠날 때의 마음이 가벼워야 한다. 장자도에서 말도로 떠난다. 이슬을 밟으며 선착장으로 가는 길에서 닭의장풀을 만난다. 닭의장풀은 그 파란 꽃에 노란 수술이 인상적이다. 나의 소년 시절이 바로 그것과도 같다. 그 소년 시절이 여기까지 따라온 것 같아서 멋쩍다.

　아침 이슬에 젖으며 선착장으로 나가는데
　닭의장풀 그것도 따라 나서려한다

알고 보니 그놈도 바다가 좋아 가출한 놈

나는 오늘 돌아가려 하는데

그놈은 그 자리에 뿌리박고 있다

—「장자도·닭의장풀」

4

섬에는 소박한 꽃들이 많다. 그중엔 참나리가 돋보인다. 울
릉도·말도·신시도·비안도 참나리는 탐스럽다. 섬길을 걷다가 피곤
하면 나리꽃 밑에 쓰러져 잔다. 꽃하고 자면 단잠을 잘 수 있다. 나는
이렇게 아무 일도 하지 않고 꽃과 노는 것이 좋다. 인력이 부족하다
고 아우성인데 꽃과 노는 것은 좀 미안하다. 허나 꽃하고 논다고 해
서 죄 될 것은 없다. 꽃도 나하고 노는 것을 좋아하는 것 같다.

나리꽃 옆에서 잔다

내가 나리꽃과 노숙하기는

이번이 처음이다

하늘이 보이는 데서

나리꽃하고 잔다

내가 나리꽃하고 자는 깃을

구름이 내려다보며 간다

—「말도·나리꽃하고 자면」

5

하루 종일 있어야 사람 하나 볼까 말까 하는 섬에서는 사람이 그렇게 보고 싶고 보면 반갑고 감격스럽다. 그런 사람이 도시에 오면 사람값이 떨어진다. 사람의 발에 걸려서 넘어지고 사람 손에 의해 손해를 본다. 정말 사람이 사람 때문에 신경질을 부려야 하니 웬만큼 수양해가지고는 화목하기 어렵다. 내가 상백도나 하백도 그 밖의 무인도 절벽 꼭대기에 핀 원추리를 좋아하는 것은 그 섬에 사람이 없기 때문일 것이다. 원추리와 며칠을 지내도 아무런 시비가 없다. 내가 보고 싶어 하는 사람 대신에 원추리가 있는 것이다. 원추리가 있는 꼭대기까지 올라가고 싶다. 어쩌면 그것은 요정일지도 모른다. 올라가다가 떨어지면 어쩌나. 그것이 원추리가 놓은 덫일지도 모른다. 그러나 그런 유혹이 아름답다. 외롭기 때문에 아름다운 것이다.

국홀도는 무인도다
원추리 하나만 바라보고 사는 무인도다

—「국홀도·원추리」

사람이 없을수록 나는 너에게 빠져서 좋다. 누구와 비교하지 않아서 좋다. 원추리 하나가 피고 시들면 또 하나가 피고 그것이 시들면 또 다른 하나가 핀다. 노란 여섯 장의 꽃잎에 여섯 개의 수술 그리고 굵직한 암술 하나, 꽃이 지면 젖꼭지만 하게 씨방이 부풀어 오른다. 원추리는 그것으로 만족한다.

6

허름한 남방셔츠에 등산 바지 그리고 걸머진 배낭 이것이면
된다. 남의 눈치 볼 것 없이 앉고 싶으면 앉고 서고 싶으면 서고 걷고
싶으면 걷고 눕고 싶으면 눕는 자유, 그것을 실천하러 가는 것이다.
그것은 하잘것없는 것이지만 사는 데도 시 쓰고 읽는 데도 절실히 필
요한 것이다. 젊어서는 많이 당했다. 정치에 당하고 경제에 줄리고
권력에 시달리고 게다가 체면까지 끼어들어 꼼짝 못 했다. 그러나 그
때에도 산과 들과 바다와 섬은 있었다. 내 자유의 든든한 후견인으로
있었다. 한 송이 꽃을 보고 아름다워하고 한 편의 시를 읽고 좋아할
만큼 키워진 사람은 행복한 사람이다. 나는 그것을 고마워한다. 나
는 행복한 사람이라고 바보처럼 자랑한다. 그것은 인생의 진국을 맛
보게 하기 때문이다. 내가 어디로 가야 하고 무엇이 되어야 하는가에
대하여 별로 관심이 없다. 내 발길을 섬으로 옮긴 것은 잘한 일이다.
큰 섬이라고 해서 나를 배부르게 대접하고 작은 섬이라고 해서 배고
프게 내버려두지는 않는다. 부자 마을에서 콸콸 나오는 물값은 비싸
고 빗물을 받아 쓰는 가난한 섬에서는 나 스스로 물의 고마움을 깨달
게 된다. 나는 섬에서 장미꽃을 찾지 않는다. 원추리, 엉겅퀴, 패랭이
꽃이면 족하다.

오늘은 무녀도 내일은 신시도
지풍금 마을에 배낭을 내려놓고
백포섬 바라보면 방파제가 너무 길다

―「무녀도·섬나그네」

사실이지 군산 앞바다에 깔린 고군산군도를 돌다 보면 나그네
심정이 일지 않을 수 없다. 군산에서 제일 가까운 야미도夜味島로 시
작해서 신시도, 무녀도, 비안도…… 사람들 인심은 왜 그렇게 좋은지
하루만 지내면 내 부모요 내 형제가 되는 마을, 그렇지만 입을 열지
않으면 영영 남이 되는 사람들, 아무리 나그네라 하지만 떠나기 싫어
진다. 선유도에서 장자도, 대장도, 어딜 가나 푸근한 동네에 잔잔한
물결, 관리도, 방축도, 명도 그리고 끝섬 말도. 나는 무녀도의 바닷가
며 염전 방조제를 한없이 걸었다. 걷는 것은 외로움을 길게 가질 수
있어 좋다. 대장도에서는 넓은 저녁상에서 마을 사람들하고 저녁 식
사를 맛있게 했다. 길가에 핀 닭의장풀이 여간 예쁘지 않다. 무녀도,
선유도, 장자도, 대장도의 어우러짐이 선경이다. 말도에서 내주는 한
칸짜리 방에 두 다리를 쭉 뻗고 코를 골며 잤다. 아무도 아는 사람이
없지만 모두 알고 지낸 사람들처럼 나를 편하게 해준다. 이것은 나
그네의 행복이다. 나그네가 떠나기 싫어하는 이유도 그 정 때문이다.
하루 이틀 지낸 정으로 일 년이고 이 년이고 지낼 수 있는 것이다. 그
러나 이유도 없이 또 떠난다. 떠나는 것은 나그네의 의무다. 떠나서

새로운 낯설음을 맞는다. 그 낯설음은 또 따뜻한 정에 녹는다.

밤새 이야기로 꽃피우던 사람이 떠나는 것을 섭섭하게 여긴다. 어디로 가느냐고 해서 고향으로 돌아간다고 하면 그래도 덜 섭섭히 여기는데 다른 섬 특히 그보다 작은 섬으로 간다고 하면 가지 말라고까지 한다.

"아주머니 만재도 가 봤어요?"

"만재도, 못 가 봤어요"

"만재도가 평화스럽고 좋던데요"

"갔다 온 사람 말이 거긴 더 못 살 것 같다고 하데요"

등댓불만 보고 살 순 없는 것

그래도 내겐 만재도가 알맞을 것 같다

닷새를 기다려야 갈 수 있고

닷새를 기다려야 올 수 있는 곳

"아줌마, 나 만재도 갈래"

—「만재도·가고 싶은 곳」

대장도에서 만난 팔순 할머니는 떠나는 사람에 대한 관심이 크다. 짐을 꾸리고 일어나는 사람에게 빼놓지 않고 묻는다.

"어디로 갑니까"

팔순이 넘으면서 늘어나는 질문
"저 끝 말도로 갑니다"
끝으로 가겠다는 말은 살아서 끝을 보겠다는 말
"아이구 거긴 하늘과 바다뿐인데"
구십이 가까운 대장도 할머니는 자기도 섬에 사는 것을 잊고 하는
소리
"그게 좋습니다"
하늘과 바다
차라리 하늘도 바다였으면

— 「대장도·팔순 할머니」에서

하늘과 바다뿐, 무엇을 보겠다고 가는 것인가. 그저 끝으로 끝으로만 가고 싶은 마음 그것이 내 발걸음을 재촉하는 수가 많다. 시인에게는 많은 고독이 필요하다. 그것을 차근차근 챙기는 작업, 나는 시를 쓰지 않을 경우에도 그렇게 끈질기게 섬을 찾아다닐까. 지리가 생소하고 일기가 불순하고 교통이 불편하고 음식이 맞지 않고 숙소가 마땅치 않을 경우도 있는데 그래도 섬에 갈 때는 마음이 가볍고 즐겁다. 고독을 찾아다닌다고 하면 이상한 말이 되겠는데 나는 그 고독에 흠뻑 젖어버린다. 하기야 한나절을 견디기 어려운 때도 있지만 내게 고독은 세 끼 밥처럼 소중하다.

도시의 고독은 아이스크림을 먹으며 에스컬레이터를 타는 수가
있다
허나 독도의 고독은 어디서나 직강하
얼마 후 풍덩 빠지는 소리와 함께 거품이 유서를 띄운다
그 순간에도 고독은 또 한 번 박살이 나고
독도는 그런 식으로 천 년 만 년 고독을 학대한다

—「독도·고독한 침묵」

7

어머니
파도 소리를 실컷 듣고 갈랍니다
어려서 물에 가지 말라 하신
어머니의 말씀 때문에 부족한 바다의 양
어머니
파도 소리를 실컷 듣고 갈랍니다

—「하태도·파도 소리와 어머니」

조그마한 목선. 나는 키를 잡은 이십대 청년의 팔뚝만 믿고 그
배에 올라탔다. 오늘 오후는 가거도(소흑산도) 근처에 있는 무인도를
찾아다니기로 했다. 납당말, 개린도, 대국흘도, 소국흘도······ 어머니

가 아니면 크게 걱정하실 일이다. 어머니는 아직도 내가 바다로 떠도는 것을 좋아하지 않으신다. 그래서 나는 한 번도 바다에 간다는 말을 하지 않았다. 어머니는 내가 일곱 살 때부터 "물에 가지 말라, 물에 가지 말라." 하신 분이다. 그러나 나는 물이 좋다. 산보다 물 즉 바다가 좋다. 바다는 움직여서 좋다. 괴로울 땐 몸부림쳐서 좋다.

8

한때 호황을 누리던 섬이 하나둘 실의에 차 있는 것을 보면 안타깝다. 넓은 바다에서 거친 파도와 싸워가며 살아야 하는 사람들의 일이라서 항시 마음이 놓이지 않는다. 조용한 비안도 역시 어딘지 모르게 쓸쓸한 기색이다. 바닷가에 버려진 배를 보면 나도 마을 사람들처럼 쓸쓸해진다. 혼자 굴 따는 할머니의 허리에서도 그것을 느낀다. 어느 사람인들 살아가는 데 평탄하게만 살아갈 수 있을까만 외딴곳에서 몸으로 부딪치며 살아야 하는 사람들에게는 남다른 고충과 비애가 있는 것이다. 바다이기에 또는 섬이기에 겪어야 하는 어려움이 이제는 그 노파의 문제가 아니라 자손들의 문제로 이어지고 있다.

바다의 슬픔은 여자에게 더 많이 내린다
비안도에서 태어나 비안도에서 갈 사람
결혼해서 아들 하나 생기자 남편 잃고

"끌어가데요 물이 끌어가데요

아들 자라 결혼해서 삼 남매 낳고 살 만한 때

아들도 끌어가데요

지금은 며느리하고 살죠

그 며느리 고마워도 고맙다 소리 못 하고

손자 셋을 혼자 키우며 살아준 며느리

그 며느리에게 무슨 말을 합니까

내 나이 일흔다섯 늘 이 밭에서 굴 따며 살았죠

그래도 이날 이때 감기 한 번 안 앓았어요

이젠 다 갔네요 그것도 세월이라고 다 갔네요

앓지 않고 살면 무엇합니까 다 간 걸요"

―「비안도 · 굴 따는 할머니」

이런 이야기를 원추리나 패랭이꽃하고는 못한다. 역시 사람끼리만이 통하는 이야기다. 고생은 세월의 티눈 같은 것 자랑할 수도 숨길 수도 없다. 참고 기다리다 기다리다 그 기다림에 밀려나는 것이다.

9

이 시집에는 혼자라는 말이 자주 나온다. 별 뜻은 없다. 섬에 가보면 섬 전체가 혼자일 수 있으니까. 아니면 마을 하나를 전부 비워두고 미역이나 해초를 따러 나가는 수도 있으니까. 그런 경우 나는 빈집 지키는 어린애가 된다.

앞문을 열어 봐도 주인이 없고
뒷문을 열어 봐도 주인이 없어
선착장에 한참 서 있다 돌아와서
또 그런 식으로
앞문을 열어 봐도 사람이 없고
뒷문을 열어 봐도 사람이 없어
선착장에 한참 서 있다 돌아와서
또 그런 식으로

—「평일도·나 혼자」에서

어느 섬에서는 너무 혼자여서 기절할 것 같은 때가 있다. 그런
때는 한 포기 풀이나 한 덩어리 돌로 남아 있고 싶어진다. 그것이 절
대 안전하기 때문이다.

다 떠나고 혼자 남았을 때
사람이기보다 흙이었으면
돌이었으면
먹고 버린 굴껍데기였으면
풀 되는 것만도 황송해서

오늘 하룻밤을 지내기 위해

돌 틈에 긴 풀을 잡고 애원하는 꼴이

―「독도·혼자 남았을 때」에서

10

　도시의 높은 빌딩에서 악수를 하고 나오는 젊은 비즈니스맨도 알고 보면 불청객이고 외딴섬 풀밭에 앉아 땀을 씻는 나도 불청객이다. 아무도 이 섬에 오라고 하지 않았다. 그런데 왜 그렇게 오고 싶었을까. 민박집 마루에 배낭을 놓고 세숫대야에 물을 떠다 손발을 씻는다. 집에서는 아무스럽지도 않은 행동이 서먹서먹해진다. 낯설다. 집에서 쫓겨난 사람처럼 낯설다. 그런 낯으로 호박꽃을 본다. "호박꽃도 꽃이냐." 얼마나 섭섭한 말인가. 그래도 오늘 아침 호박꽃은 명랑하다. 외로운 데서 얻은 아름다움, 나는 그것으로 시를 썼다.

1992년 가을

―『섬마다 그리움이』 후기

불행한 데가 닮았다

시집 『불행한 데가 닮았다』
1994년 4월 20일, 동천사
_ 시 85편이 수록된 열다섯 번째 시집

그동안 즐겨 다루던 바다와 섬을 이 시집에서는 다루지 않았다. 평화스럽게 살아가는 한 가족의 주택을 다뤘다. 그리고 그 주택을 침범한 살인강도를 다뤘다. 그로 인해 사형을 당하는 사형수와 사형을 집행하는 집행리의 고민을 다뤘다.

1부는 〈강도와 시인〉, 2부는 〈아파트〉. 모두 범죄와의 전쟁이 선포될 무렵의 이야기이다. 그러나 그 이야기는 아직도 계속되고 있다.

1994년 봄
— 『불행한 데가 닮았다』 서문

82

아파트에서 일 년쯤 살다 북한산을 못 잊어 우이동으로 다시 와서 한 달 만에 떼강도를 만났다. 그들은 세 식구를 묶어놓고 얼마 안 되는 금품을 털어갔다. 그래도 고마운 것은 당장 죽일 것 같던 세 사람의 목숨을 놔두고 갔다는 것, 더욱이 다행스러운 것은 『불행한 데가 닮았다』는 이 시집을 단숨에 쓰게 한 점이다. 처음엔 창피하고 부끄러워서 이런 것을 시로 써서 뭐하나 했다. 그러나 여북하면 한 나라의 통수가 범죄와의 전쟁을 선포했을까 하는 것과 당하고도 입을 열지 못하는 사람들의 답답함을 생각하니 쓰지 않을 수가 없었다.

그들은 우리 집을 털어 별 재미도 못 봤을 텐데 지금쯤 어디서 고생하고 있는지 궁금하다. 하루 빨리 밝은 데로 나와 떳떳하게 살아갔으면 좋겠다.

1994년 봄
—『**불행한 데가 닮았다**』 후기

서울 북한산

시집 『서울 북한산』
1994년 11월 15일, 평화출판사

_시 111편이 수록된 열여섯 번째 시집

꽃 피고 새 우는 곳이면 어디든 좋다. 서울 북한산은 그런 곳
이다. 이 산 때문에 시 쓰기를 멈추지 않았다. 산에 가면 꽃이 피고
새가 울고…… 그런 데서 생각나는 사람은 꽃이요, 새요, 시다.

나는 우이동에서 사는 인연으로 북한산의 사랑을 많이 받는
다. 산의 고마움을 알게 되면서부터 나의 마음과 몸을 산 채로 조금
씩 산에 묻었다. 그리고 그것이 이른 봄에 꽃이 되고 새가 되는 것을
보았다. 정말 아름다운 생명이었다. 오랫동안 북한산에게 빚진 것을
이 시집으로 갚는다.

1994년 가을

−『서울 북한산』 서문

동백꽃 피거든 홍도로 오라

시집 『동백꽃 피거든 홍도로 오라』
1995년 2월 7일, 동천사
_시 95편이 수록된 열일곱 번째 시집

겨울 섬 홍도紅島가 울고 있다.

여름에 화려하던 얼굴이 바람에 시달려 백짓장처럼 창백하다. 누구 하나 위로해주는 이 없다. 바람 부는 날 홍도로 달려가 내가 위로해주기로 했다.

홍도야 울지 마라 오빠(시인)가 있다.

이런 심정으로 겨울날 홍도로 달려가 쓴 시가 「동백꽃 피거든 홍도로 오라」이다.

겨울 바다는 누군가를 끌어안고 싶어 한다. 아니, 바닷속으로 끌어가고 싶어 한다. 그렇지만 끌려가지 않으려는 쪽의 심정도 꼭 그러하다. 그 때문에 겨울 바다는 여름 바다보다 더 끌고 끌리는 상황에서 시를 쓰게 한다.

　동백꽃 피거든 오라, 그러면 홍도의 아름다움을 독점할 수 있을 것이다.

1995년 1월
ー『동백꽃 피거든 홍도로 오라』 서문

　나이 들면서 고독의 진수를 알게 된다. 시는 외딴섬에 홀로 핀 동백꽃이다. 겨울 홍도는 동백꽃을 흔들며 쉴 새 없이 나를 유혹한다. 나는 그 유혹에 흠뻑 빠져 바닷가를 걷는다. 여름에 잃어버린 것을 되찾으려는 듯이…….

1995년 1월
ー『동백꽃 피거든 홍도로 오라』 후기

먼 섬에 가고 싶다

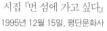

시집 『먼 섬에 가고 싶다』
1995년 12월 15일, 평단문화사
_시 67편이 수록된 열여덟 번째 시집, 윤동주 문학상 수상작

　　사람들은 가끔 '먼 섬에 가고 싶다'고 한다. 나는 그런 섬을 천 개는 찾아다녔다. 그래도 가고 싶은 섬이 남아 있다.

　　먼 섬 마라도는 가본 사람만이 다시 가고 싶은 섬이다. 외로움에 익숙한 사람에게는 한없이 편한 섬이지만 하루를 못 참고 돌아오는 사람도 있다. 그러나 먼 훗날 추억의 일번지로 꼽게 되는 것은 무슨 이유일까?

1995년 가을

마라도 등대 밑에서

ー『먼 섬에 가고 싶다』 서문

1

먼 섬에 가고 싶다.

2

나는 시를 읽고 싶게 쓰지 않고 가고 싶게 쓰나 보다. 왜냐하면 내가 가고 싶은 데를 찾아가서 시를 쓰니까. 나는 늘 가고 싶은 데를 찾아가고 있다. 그것도 번화한 데가 아니라 조용하고 쓸쓸한 데를 찾아가고 있다.

3

우리나라 최남단의 섬 마라도는 너무 쓸쓸해서 오는 즉시 왜 왔나 하고 후회할 정도다. 그러나 외로움을 이겨낼수록 더 머물고 싶어지는 섬이다.

둘레가 150m밖에 안 되는 조그마한 섬 마라도는 해변을 따라 잔디밭길을 걷는 기분이 좋다. 작은 섬이지만 그렇게 여유 있을 수가 없다. 비바람은 물론이요 구름과 안개가 많아 날씨 변동이 심하다. 그렇지만 구월 중순의 날씨는 환상적이다. 새벽에 고기 잡는 풍경부터 시작해서 해 뜨는 광경과 구름 걷힌 한라산의 웅장雄姿, 한나절 갯바위를 때리는 파도 소리, 하루를 마감하는 시뻘건 낙조, 한밤중의 별, 죽음 같은 정적, 따뜻한 인정미. 어디서 이런 절미한 세상을 만나겠는가.

4

먼 섬에 가고 싶다.

여행과 시. 여행이란 떠나는 연습이다. 떠났다 다시 돌아오는 기쁨도 있다. 하지만 나의 시는 돌아오는 쪽보다 떠나는 쪽에 속한다. 결국 인생이란 태어나 문밖을 나서기 시작할 때부터 떠나는 연습이다. 떠나려 할 때 무엇인가 챙기고 떠나는 길목에서 무엇인가 만난다. 나의 시는 그런 길목에서 얻은 것들이다.

5

이 시집에 수록된 시는 모두 가파도와 마라도에서 썼다.

1951년에서 1954년까지 제주도 모슬포에서 지냈다. 그때에도 바람 부는 모슬포 바다를 좋아했고 가파도, 마라도를 아주 먼 섬으로만 여겼었다. 그 무렵 가파도엔 수박이 많이 난다고 했다. 나는 수박 때문이 아니라 막연한 그리움 때문에 가기 시작했다. 가파도엔 그 흔한 술집이나 다방이 없다. 가파도에 가면 저녁에 선착장 콘크리트 바닥에 누워 별을 보고 마라도에 가면 잔디밭에 누워 수평선을 본다. 가파도에서는 갯바위에 파도치는 것이 좋고 마라도에서는 수평선에 노을 지는 것이 좋다. 이런 경험으로 살아가는 사람에게는 눈이 보배다. 눈은 지팡이보나 소중하다. 내 눈은 바다를 보다가 실명할지도 모른다.

6

내 시는 쉽다. 유치할 정도로 쉽다. 그래서 설명을 달지 않는다. 오히려 설명을 달면 어려워지는 것이 이상하다. 시 그 자체가 설명이고 이해이기 때문에 그대로 시만 있게 하고 싶다. 글 이상의 것은 가파도나 마라도에 가서 체험하는 수밖에 없다.

한 번쯤 눈 딱 감고 찾아가보라. 파도가 바람이 엉겅퀴가 민들레가 괭이밥풀이 천진난만하게 반길 것이다.

7

섬사람들은 말이 없다. 아니, 말은 고사하고 집 밖으로 나오는 일이 거의 없다. 그러니 동네가 조용하고 쓸쓸할 수밖에. 바깥에 나와 있는 것은 바람이요 파도요 제비요 염소요 등대요 갈대요 억새풀이다. 공중전화가 밖에 나와 있다. 내가 여기 있다는 것을 아무에게도 알릴 필요가 없는데 전화기가 거기 있다는 것으로 걸어보고 싶은 호기심이 생긴다. 버튼을 누른다. 신호는 가는데 받는 사람이 없다. 섭섭하기는 하지만 잘 됐다 하고 수화기를 놓는다. 섬에서는 쓸쓸하게 있는 것이 자연스럽다. 그 쓸쓸함에 돌을 던질 필요는 없다.

8

모슬포에서 사흘이고 나흘을 기다려도 바람 때문에 마라도로 가는 배가 없어서 발을 구르게 되는데 여비가 없어지고 휴가 일정에

차질이 생기면 돌아갈 일이 막연해진다. 그래서 가야겠다고 밀어붙이면 가게 되는 것이지만 단념하면 이 남단의 섬은 달 구경에 지나지 않는다.

여행은 결단력이 필요하다. 해도 그만 안 해도 그만 하는 식으로 가볍게 여겨서는 여행은 이루어지지 않는다. 그렇지만 마라도는 요염한 데가 있어 언젠가는 끌어가고 말 거다. 시도 마찬가지다. 해도 그만 안 해도 그만이다. 그러나 해야 할 사랑은 죽을힘을 다해서 해야 한다.

9

나는 퇴직하자마자 곧바로 마라도에 왔다. 구름처럼 자유롭고 싶어서 그랬다. 자유는 고독을 동반한다. 여행엔 동반자가 아쉬운 것인데 고독만 한 동반자는 없다. 시를 이해하는 자는 고독을 이해한다. 내게 시가 없었던들 나는 마라도에서의 고독을 참아내지 못했을 것이다. 그곳 사람들이 보면 왜 저 사람은 저렇게 쓸쓸하게 사느냐 할 거다. 낚시를 하는 것도 아니고 술을 마시는 것도 아니고 담배를 피우는 것도 아니고 멍하니 등대처럼 서서 수평선만 바라보고 있으니 좀 돈 것 아니냐 할 거다.

이젠 그들도 마라도에 와서 넋을 잃은 듯하게 소일하는 사람을 이해한다. 왜냐하면 그런 넋 빠진 사람들이 자주 찾아오기 때문이다.

10

마라도에 가거든 멋있는 유서는 쓰되 죽지는 마라. 유서를 써 놓고 살아 있다는 것은 부끄러운 일이지만 부끄러워도 살아 있는 것이 몇 배 낫다. 그렇다고 유서의 가치를 높이기 위해서 죽어버린다는 것은 살아서 유서를 읽는 사람들을 아프게 한다. 읽는 사람에게 죽겠다고 마음먹은 고통을 공감하게 하려 하지만 삶이란 아무리 견디기 어려워도 끝까지 살아볼 일이다. 유서는 한 번 읽으면 다시 읽기 싫은 글이다. 그래도 삶이란 두고두고 유서를 쓰듯 살아볼 일이다. 비록 그것이 유서를 쓰는 순간보다 더 괴로운 것이라 하더라도 살아서 유서를 쓰듯 결심을 새롭게 하며 다시 살아보는 것도 의의가 있다. 누구나 한 번은 유서를 쓰려고 태어났는지도 모른다. 나도 그런 경험이 있으니까. 그러나 참고 살아서 바다를 사랑한 것이 얼마나 잘한 일인지 고마워 죽겠다.

섬에 남아 있는 무덤을 보면 나는 살아 있는 무덤처럼 외롭지만 살아서 잘했다는 소리가 저절로 나온다. 온몸에 가시 돋친 엉겅퀴는 한 번도 유서를 쓰지 않는다. 마라도에 오거든 유월의 엉겅퀴를 보아라. 그 행복한 눈동자가 너를 은근히 비웃을 것이다.

11

나는 시 제목 밑에 섬 이름으로 부제를 다는 버릇이 있다. 분위기 때문이다. 같은 서커스라도 공연 장소에 따라 분위기가 다르다.

시는 분위기에 민감하다. 엉겅퀴 하나만도 어디에 피어 있느냐에 따라 그 분위기는 달라진다. 마라도의 엉겅퀴는 바다와 나비와 바람과 수평선을 연상하게 한다. 그 때문에 마라도 엉겅퀴는 여느 엉겅퀴와 다르게 느껴진다.

이 시는 모두 마라도와 가파도에서 썼다. 그래서 그곳 엉겅퀴와 같은 분위기를 벗어날 수 없다.

12

고독은 시를 낳는다. 시를 가까이하는 사람을 보면 눈물이 날 지경으로 아름답다. 청와대가 최고로 고독한 곳이라고 한 사람도 있다. 그런 분들에게 마라도의 잔디밭과 수평선을 보여주고 싶다. 잔디의 질로 치면 청와대의 잔디가 최상이겠지만 청와대의 잔디밭에서는 수평선이 보이지 않는다. 마라도 잔디밭에는 시가 있다.

13

섬에 오면 아름다운 것만 생각하게 되어 좋다. 원고 정리를 이런 데서 할 수 있었던 것은 다행한 일이다. 풀밭에 앉아 원고를 들여다보다 햇빛이 눈부시면 원고 뭉치를 잔디 위에 놓고 큰 대 자로 누워 하늘을 본다. 뜨거운 햇살이지만 바다에서 불어오는 바람 때문에 시원하다.

14

1994년도와 1995년도에 이곳에 와서 쓴 시를 1995년 9월 18일에 다시 와서 마라분교 앞 잔디밭에 자유형으로 누워 하늘과 바다를 보며 원고를 정리했다. 나는 정말 시인이 올 곳에 온 것을 기뻐한다. 갈매기까지 나를 부러워하는 것 같다.

15

1995년, 나에게는 엄청난 해였다. 1월에는 뉴질랜드와 호주의 바다에 미쳤고 4월에는 대마도와 사쿠라지마를 헤맸으며 8월에는 지중해로 갈리리 호반으로 사해로 떠돌아다녔다. 그리고 돌아와서는 제주도, 우도, 난도, 비양도, 차귀도, 가파도, 마라도, 거문도, 상백도, 하백도, 사량도, 수우도, 백령도로 쉴 새 없이 떠돌아다녔다.

바다와 시와의 관계를 수평선상에 떠오르는 해를 보듯 볼 기회가 많았다. 그때마다 내 마음의 수평선에도 떠오르는 해가 있었다. 나는 해상의 폭군 같았다. 허공을 점령한 잠자리처럼 조용하면서도 가슴속은 연산군이나 네로 황제처럼 울렁거렸다.

시의 폭력배 그리고 최후의 발악. 그러나 기분은 사악하지 않았다. 나그네치고는 호강하기도 했지만 나의 배낭 속에는 늘 가냘픈 내가 시를 챙기고 있었다.

세네카도 네로 옆에서 한 번쯤 네로처럼 미치고 싶었을 것이다. 그 마음은 시인 누구에게나 있다.

나도 가식에서 벗어나 많이 미쳐야 하겠다.

1995년 가을
—『먼 섬에 가고 싶다』 후기

일요일에 아름다운 여자

시집 『일요일에 아름다운 여자』
1997년 2월 10일, 동천사
_시 66편이 수록된 열아홉 번째 시집

일요일에 아름다운 여자는 월요일에도 아름답다. 이런 머리말을 써놓고 일어선다.

아직 남아 있는 어린 시절을 걸어가고 있다. 어린 시절을 오래 머물게 한 것은 시다. "시가 밥을 주느냐고 푸념하지 마라. 시가 밥을 줘도 푸념하게 되면 어쩔래." 혼잣말을 하며 걸어가고 있다.

1997년 1월
—『**일요일에 아름다운 여자**』 서문

혼자 웃기

1

시가 있기 전에 무엇이 있었을까. 꿈이 있었다. 평생 동안 꾼 꿈은 얼마나 될까. 일기를 쓰지 않고 꿈을 써왔으면 얼마나 재미있는 기록이 되었을까. 그런 것을 하찮게 여긴 것은 잘못이다. 시는 그런 하찮은 데에서 벌레처럼 생기는 것인데 고상한 척하고 벌레가 생기는 구멍을 막아버렸다. 이것은 시인이 시를 낳지 않으려고 수술한 것이나 같다.

너는 너의 꿈을 감시할 수 있느냐? 꿈은 네 것이면서도 네 마음대로 못한다. 너의 시도 꿈처럼 자유롭게 놔두라. 시를 쓰지 않고 잠자고 있을 때 꿈은 일어나 있다. 그러고는 제멋대로 일을 저지른다. 나의 시도 제멋대로 일을 저지르게 놔두고 싶다. 그러면 버릇없이 굴지 않을까. 별 걱정 다한다. 그만큼 시는 꿈에 가깝다. 꿈엔 엉뚱한 데가 있듯이 현실에도 엉뚱한 데가 있다. 그것을 나는 시라고 썼다. 현실을 보다가 꿈속으로 뛰어드는 버릇 이것이 시로 이어졌다. 꿈은 현실보다 깊고 진하게 사고를 저지른다. 그러면서도 꿈은 꿈이 저지른 사고에 대해 책임을 지지 않는다. 그래서 끔찍한 일을 당했을 때 '꿈이었으면' 한다. 그리고 꿈속에서 호강을 하면 '이게 현실이었으면' 하고 꿈을 현실로 끌어내고 싶어 한다. 꿈은 누구의 의사로 꾸어지는 것일까.

「꿈」

97

2

꽃은 나와 많이 닮았다. 고독을 참는 것이 닮았고 물을 마시는 갈증이 닮았다. 내게 꽃이 없었던들 나는 시를 멀리했을 것이다. 사랑을 기억하지 않았을 것이다. 너를 다시는 생각하지 않았을 것이다. 마라도 잔디밭이나 우도 절벽에 핀 갯쑥부쟁이〔海菊〕, 어째서 싸늘한 갯바람을 택하는지 묻지 않겠다. 잎사귀보다 앞질러 나온 진달래꽃 너의 급한 성질도 이해해주마. 산길을 가다가 만나는 패랭이꽃 어찌 그것이 말 못 하는 식물이겠는가.

「꽃은 절망에서 핀다」

3

완전무결하기를 바라는 것은 정말 피곤한 일이다. 벌레 먹지 않은 열무 잎사귀나 깻잎은 완전무결하게 신선한가. 그것은 벌레가 독한 살충제를 먹고도 말 못 하는 것이 아닌지. 가게에서 한 달을 지내도 썩지 않는 바나나를 보았는가. 색깔 뒤에 숨은 독소가 불안하지 않던가. 조금은 벌레에게 먹히며 사는 것도 자연과 자연 사이를 오가는 정인데, 흉터 하나 없는 열무 잎사귀나 깻잎을 보면 벌레가 많은 세상에 이렇게 완전할 수 있나 하고 의심하게 된다. 더러는 먹혀 가며 사는 지혜도 아름다운 것인데.

「벌레 먹은 나뭇잎」

4

수천 년 전의 말이 하나도 썩지 않고 그대로 남아서 그때의 생명을 숨 쉬게 한다. 말 때문에 시를 쓰고 말 때문에 소설을 쓰고 말 때문에 말을 하고 말 때문에 웃고 말 때문에 울고 말 때문에 말을 않기도 한다. 말이 없었던들 우리는 돌이나 나무처럼 그저 멍하니 서 있어야 했을 거다.

고독이란 음성이 징발된 상태이지 실제로 말이 없는 것은 아니다. 음성이 징발돼도 말의 뿌리는 그대로 살아서 시라는 잎사귀로 다시 피어난다. 시는 말장난이지만 이렇게 이파리처럼 생생한 생명을 낳는 생식기능을 갖는다.

「말장난」

5

따지고 보면 나의 웃음의 절반이 냉소다. 냉소는 혼자가 좋다. 그래야 시비가 없다. 웃음도 잘못 웃다가는 봉변을 당한다. 조용한 데서 혼자 웃는 것은 잘못 웃어도 탈이 없다. 나는 꽃을 보고 잘 웃는다. 원숭이나 곰 앞에서도 빙긋이 웃을 때가 있다. 나는 꽃이나 동물에 곧잘 웃음을 던지는데 이것들도 내게 웃음을 던지는지 모르겠다. 꽃이 날 보고 웃는다면 어떤 웃음일까. 그것은 냉소일까 미소일까. 꽃은 온화하고 순진해서 냉소를 짓는 일이 없을 것 같다. 웃음은 사람 얼굴에 핀 꽃이요 아름다운 시다. 그런데 내 얼굴에 자욱한 냉소는 무엇 때문일까.

「혼자 웃기」

6

천진난만해지려면 나이를 열 살 미만으로 낮추는 수밖에 없
다. 아니, 열 살도 많다. 다섯 살 미만으로 해야 한다. 그리고 쉰이든
예순이든 다섯 살 먹은 애가 하자는 대로 해야 한다. 그때 비로소 천
진난만해진다. 그것이 어려운 것은 사실이다. 그러나 그 훈련이 잘
돼야 시도 잘 되는 것인데 이런 훈련은 무시하고 글재주만 강요하는
경향이 있다.

「두 살짜리 아이와 예순여섯 살짜리 아이」

7

나와 똑같은 사람, 내가 하자는 대로 할 사람, 그런 사람이 있
다면 편리할까 불편할까.

"너 뭐 하니?"

"나 책 읽어."

벌써 여기서 너와 나는 다르다.

"너 나하고 나갈까?" 했을 때

"그래." 하고 따라나서야 하는데, 그래도 그것은 주종관계가
되는 기분이다. 절대로 나 같은 너는 이 세상에 없고 너 같은 나도 이

세상엔 없다. 그래서 유혹이 있고 전달이 있고 요구가 있고 거절이 있다. 전화는 그런 요구와 순응과 거절 때문에 하루 종일 바쁘다. 너는 너밖에 없으니 전화 걸려거든 직접 네가 너에게 걸어라.

「전화질」

8

생활의 지혜, 이는 각박한 세상일수록 터득해 둬야 할 중요한 지혜다. 하지만 그 지혜는 언제고 한 가지로 통하는 것은 아니다. 여름에 두꺼운 옷을 싼 값으로 사 두는 지혜도 있지만, 여름에 몸을 단련시켜 겨울에 얇은 옷으로 추위를 물리치는 지혜도 있다.

생활의 지혜는 간단하다. 일하고 걷고 걷고 일하는 것이다. 손과 발은 그렇게 쓰라고 있는 것이다. 어려운 일을 지폐보고 하라 해 놓고 손발은 편히 쉬려고 하는 것은 결국 돈으로 죽음을 사들이는 것이나 다를 바 없다. 손과 발로 벌어들인 돈 손과 발을 시켜 쓰도록 하는 것이 삶을 건강하게 관리하는 지혜다. 시도 그림도 음악도 무용도 이 지혜를 벗어날 수는 없다.

「일요일에 아름다운 여자」

9

나는 사진이나 그림에 있는 나를 보고 만족해본 적이 별로 없다. 어딘지 쓸쓸하게 움츠려 있는 모습은 내가 미안할 정도로 초라했다. 그래서 좀 넉넉해지면 도와줘야겠다고 생각한 적도 있다. 그러나 살아가면서 그런 동정심은 사라지고 차츰 살아가는 맛을 알게 되는 것은 무슨 이유인가. 나도 모를 일이다. 시가 있어 그렇다고? 그건 시를 팔아먹는 일이고. 아니다. 그게 아니다. 앉아서 세상 돌아가는 일을 보고만 있었던 게 아니고 괴나리봇짐을 메고 세상 돌아가는 대로 돌아가다 보니 나를 잊은 게 아닌가 하고 웃는다. 고독을 씹어 가며 살아온 누런 이[齒]가 왠지 고맙다.

「이 자화상은 무엇을 보고 웃나」

10

시인은 시가 잘 돼야 하고 상인은 장사가 잘 돼야 한다. 시인은 시가 잘 되면 가게에 가서 맛있는 것을 사먹는데 상인도 장사가 잘 되면 서점에 가서 시집을 사는지 모르겠다. 그런 것을 따지려고 시를 쓰는 것은 아니지만 상품에 '유통기한'이라고 새긴 것을 보니 시의 유통기한이 생각난다. 시인도 자기 시에 '유통기한'을 기재해야 한다면 어떤 식으로 기재할까. 파리도 오지 않는 시의 고독, 상품 만능시대에 시인과 상인을 비교하고 혼자 웃는다.

「유통기한·960514」

11

가까운 곳에 친구가 있다는 것은 보이지 않는 곳에 신神이 있다는 것보다 고맙다. 더욱이 시 쓰는 이에게 시 쓰는 친구가 있다는 것은 행복 중의 행복이다. 시가 통하지 않는 사회에서 시가 통하는 사람들끼리 한번 살아볼 만하다. 그렇게 십 년 이십 년을 살아도 부담스럽지 않고 살아가면서 살맛이 더했다는 것은 정말 인상적이다. 서울 북한산 산자락에서 시인들끼리 이렇게 멋지게 살다 간 사람이 전에 있었을까? 이런 일은 백 년에 한 번 있을까 말까 한 일이다. 그렇다고 그들이 사는 방법을 알았던 것은 아니다. 그저 시를 가지고 살다 보니 그렇게 되었을 뿐이다.

「우이동 원시인들」

12

시끄러운 소리, 나는 그게 질색이다. 그래서 소리가 피하지 않으면 내가 피한다. 사물놀이의 경우 나는 들을 테니 너희는 떠들어라 하는 식으로 들으면 시끄럽기만 하다. 그러질 말고 나는 북이요 징이다 나는 장고요 꽹과리다 그러니 두들겨 패라 쳐라 하고 무수히 얻어맞는 경지에서 음색과 음질과 운율과 호흡을 맞춰갈 때 놀이패와 나는 하나가 되는 경지에 이른다.

나는 상관없으니 너희들이나 두들겨 패고 쳐라 하면 북 따로 징 따로 장고 따로 꽹과리 따로 나 따로 너 따로 된다. 안으로 파고드는 행위 그것이 실제 맛을 내게 하는 것이다.

「사물놀이」

13

몸도 하나의 도구다. 살기 위해 사용하는 낫이나 호미와 같다. 그렇다면 그 도구는 사용하기 편리해야 하는데 그것이 지나치게 무겁거나 비대하면 도구로서의 실용성을 잃는다. 낫이 잘 들어야 풀을 잘 벨 수 있고 곡식도 잘 거두어들일 수 있다. 이것은 먹고사는 이야기라 치고 도를 닦는 데 있어서도 마찬가지다. 수양을 하는데 몸이 너무 비대하면 어딘지 잘못이 있다. 그런 경우 과감하게 살을 빼야 한다. 그래야 정신이 잘 돌아갈 수 있다. 그것은 스님이나 수도자만의 과제가 아니라 시인도 마찬가지다. 시인은 편한 길만 갈 것이 아니라 사람들이 싫어하는 길도 다녀 봐야 시에 탄력이 생긴다. 시는 재사才思의 기술記述이 아니라 숙명적으로 떠돌며 얻어지는 마음의 도록圖錄이다.

「뚱뚱한 스님」

14

나무는 바람에 휘청거리고 한 시대는 젊은이들에 의해 휘청거린다. 산에 바람이 없으면 나무는 제대로 호흡을 못 하고 젊은이에게 열풍이 없으면 그 시대는 죽은 시대가 된다. 나무에서 바람이 일듯 젊음에서는 뜨거운 열풍이 일어야 한다. 처절한 총상보다 뜨거운 입술의 흔적이 얼마나 아름다운가. 너는 네 시대의 입술에 무슨 색깔을 칠하고 싶으냐. 네가 좋아하는 열정의 색을 아낌없이 칠하라.

「립스틱」

15

울었다. 눈이 눈물을 감당하기 어려워서 코까지 거들어주던 슬픔, 그게 어쩌자고 나를 놔두고 슬그머니 떠났을까. 이제 행복해지는 것일까. 생각하면 울음은 날 위해 흐느끼는 성원이었다. 울음보다 값비싼 정신의 영양소는 없다. 실컷 웃었을 때의 허탈보다 실컷 울고 난 뒤의 시원함. 진실한 울음은 겉으로만 내뱉는 것이 아니라 속과 겉이 한결같아서 생산적이다. 웃음은 표정의 끝이요 울음은 표정의 시작이다. 울고 싶거든 실컷 울어라.

「울음」

16

꽃이 교미하는 것을 보고 있다. 어떻게 하더냐고 묻지 마라. 그 방법은 네 상상에 맡긴다. 관찰과 느낌 그것을 문자로 그리면 시가 된다. 작업실의 실 평수는 세 평이지만 그것으로 한정된 작업만 하는 것은 아니다. 한없이 넓은 작업실에서 좁쌀만 한 대상을 볼 수도 있고 아주 작은 작업실에서 아주 큰 상대를 만날 수도 있다. 보는 동작은 송곳 끝처럼 날카로워야 하고 본 느낌은 끈적끈적해야 한다. 시를 쓰는 사람은 누구보다도 이 촉각 관리를 잘해야 한다. 시를 물들이는 것은 사시사철 촉각이 하는 일이기 때문이다. 그런 촉각으로 보면 꽃의 교미도 놓칠 수 없는 것이다.

「꽃들의 음란행위」

17

벌레가 나를 벌레로 만들기는 쉬워도 부처님이나 하느님이 나를 사람다운 사람으로 만들기는 어렵다. 아니, 어찌 보면 부처님이나 하느님도 나를 벌레로 만들고 싶어 할지 모른다. 이것은 수양의 차원에서가 아니라 순수한 삶의 차원에서 말이다. 옷도 필요 없고 말도 문자도 도구도 가식도 허위도 필요 없는 그런 벌레의 단순 무위함. 아, 벌레랑 놀고 싶다.

「가을 벌레」

18

벌레도 채소를 잘 먹고 나도 채소를 잘 먹는다. 채소는 벌레들의 식물食物인 동시에 사람들의 식물이다. 벌레들은 식물植物을 먹고 짝짓기를 하고 사람들은 식물을 먹고 임신을 한다. 벌레 새끼들은 식물에서 온 정액의 소산이고 사람의 자식들도 식물에서 온 정액의 소산이다. 어찌 식물 속에 성욕이 없겠는가. 그건 과민이 아니라 그것을 느끼지 못하는 우둔함이 안됐다.

「소나무에게서의 성욕」

19

죽은 소나무, 죽은 해바라기, 죽은 도시, 죽은 바다, 죽은 아버지, 죽은 아내, 죽은 호랑이, 죽은 역사, 죽은 사기꾼, 죽은 물고기,

살아 있는 모든 명사의 머리에 무작위로 '죽은'을 붙여본다. 이들에게도 언어가 있을까. 물론 언어가 있다. 침묵이다. 이렇게 한꺼번에 죽일 수 있는 것은 언어다. 언어로 죽지 않는 것이 있을까. 그러나 다시 살릴 수 있는 언어가 있다. 그것은 침묵이다. 침묵은 죽음의 언어요 무덤의 음성이다. 이 소리를 들을 수 있게 하는 것은 시밖에 없다. 시는 소리와 같이 침묵에서 발생한다. 시는 죽음과 삶을 넘나드는 구름의 소리다. 죽음에서 발굴한 삶의 음성, 나무의 음성과 묘비의 음성은 서로 시라는 다리 위를 오간다. 나는 그 소리를 들을 때 삶과 죽음의 벽을 허문 것 같아서 기쁘다.

「무덤의 침묵」

1997년 1월
—『일요일에 아름다운 여자』 후기

숲 속의 사랑

시화집 『숲 속의 사랑』
1997년 6월 10일, 하날오름
_김영갑 사진 · 수필

개정판 시화집 『숲 속의 사랑』
2010년 5월 1일, 우리글
_김영갑 사진 · 수필, 첫 번째 시화집 개정판

김영갑 생각

그대는 가고 『숲 속의 사랑』은 다시 세상에 나와 바람과 햇살 사이로 그대가 걸어오는 듯 나뭇잎이 흔들리네.

물안개가 시야를 가리던 어느 날, 나더러는 감자밭에서 시를 쓰라 하고 그대는 무거운 사진기를 짊어지고 사라졌지.

나는 오도 가도 못 하는 오름 길에서 이슬비를 맞으며 찔레꽃을 보고 있었고.

시는 무엇이며 사진은 무엇인가.

나는 시로 사진을 찍지 못했지만 그대는 사진으로 시를 찍고 있었던 거야.

그런 생각을 하며 오늘도 오름에 올라가 그대의 발자취를 읽고 있네.

2010년 이른 봄

용눈이오름에서

－개정판 『숲 속의 사랑』 서문

첫 번째 산문집

아무도 섬에 오라고 하지 않았다

산문집 『아무도 섬에 오라고 하지 않았다』
1997년 7월 21일, 작가정신
_ 글과 스케치가 어우러진 첫 번째 산문집

개정증보판 산문집 『아무도 섬에 오라고 하지 않았다』
2018년 11월 20일, 작가정신
_ 첫 번째 산문집 개정증보판

내 가슴에서 시가 다 끝나는 날 나도 산문집 하나 가져야겠다
는 생각을 한 적이 있다.

그만큼 나는 시를 고집해왔다. 그래서 시집은 열아홉 권이나
있어도 산문집은 한 권 없다.

아직 내 가슴엔 시가 남아 있다.

시가 남아 있는 마당에 산문집을 내는 것이 어쩐지 시에게 미안한 생각이 든다.

하지만 산문집도 정성 어린 시집이라 여기고 『아무도 섬에 오라고 하지 않았다』를 펴낸다.

1997년 여름

－『**아무도 섬에 오라고 하지 않았다**』 서문

20여 년 전에 펴낸 산문집을 다시 읽는다.

책 속에 담긴 나의 모습이 행복해 보인다.

그런 생각을 떠올리게 하는 것은

내 글이 담겨 있는 내 책의 힘이다.

만일 그런 기록물이 없다면 나는 나를 읽을 수 없을 것이다.

글을 써서 책을 만드는 것은 나를 보기 위한 나만의 거울을 만드는 것과 같다.

고맙다는 생각에 절로 머리가 숙여진다.

아직 펜을 놓지 않았으니 남은 시간도 글로 채워지리라.

내가 그린 그림까지 넣어 아름답게 만들어준 책이
살아 있는 내 육신 같아 자꾸만 어루만지게 된다.

2018년 가을

―개정증보판 『아무도 섬에 오라고 하지 않았다』 서문

하늘에 있는 섬

시집『하늘에 있는 섬』
1997년 12월 20일, 작가정신
_시 93편이 수록된 스무 번째 시집

유서를 쓰듯 쓴 시

오래전에 사람들은 물속에 잠긴 섬 이어도를 알고 있었다. 그렇지만 물 위에 뜬 만재도는 모르고 있었다. 목포 사람도 그랬고 흑산도 사람도 그랬다. 그러다가 만재도로 가는 배가 생기고부터 만재도를 알기는 해도 막상 가본 적이 있느냐고 물으면 머리를 저었다. 전에 마라도가 그랬다. 그런데 요즘은 어떤가. 너도나도 잔디밭을 밟아서 몸살이 날 지경이다. 나는 만재도가 그렇게 밟히기를 원하지 않는다. 그저 시 쓰는 사람이나 조용히 있다가 돌아갔으면 하는 섬이다.

나는 흑산도에서 하태도까지 갔으면서 만재도에 들어가지 못한 적이 있다. 바람과 파도가 들어오지 못하게 했다. 그다음 기회에도 못 갔다. 물살이 거세서 못 갔다. 물이 곤두박질쳤다. 나를 싣고 오면 배를 엎어버리겠다고 위협했다. 배는 어머니가 나를 잉태했을 때처럼 걱정을 많이 했다. 그때에도 만재도 바로 앞에서 단념했다. 10년 전에 내가 맹골도에서 그랬듯이 그때 생명이 아까워서 모험을 중단하고 흑산도로 와서 마른 멸치에 맥주를 마셨다. 그리고 지난 1997년 6월에야 가고 싶어 하던 만재도에 첫발을 내려놨다. 오랜만의 쾌거다.

그때 만난 사람이 윤민순 이장이다. 그때 나를 반겨준 것은 그와 말없는 달팽이였다. 학교 앞에 있는 식물원 같은 숲 속에서 달팽이가 반겼다. 이장도 달팽이처럼 말이 없었다. 어떤 섬에 가면 이장 집에 설치된 마이크가 온 동네를 시끄럽게 구는데 윤씨 이장 집에는 마이크 시설이 없었다. 무표정의 달팽이들이 만재도에 집단을 이루고 있는 것은 풀이 좋고 습도가 알맞고 살기 좋아서 그런 것이다. 나는 그것도 모르고 하늘 가까이 있는 산(물생산, 큰산, 장바위산)에 눈독이 들었다. 바다도 좋지만 산도 좋았다. 그래서 이 마을 인심은 곱고 맑았다. 내 영혼이 끌린 것도 그 산세의 수세 때문이다. 내가 시를 연일 토해낸 것도 바다와 산과 사람의 정이 시심을 울렸기 때문이다. 나는 여기서 내 정신이 아니었다. 시심 바로 그것으로 걷고 그것으로 숨 쉬고 그것으로 밥을 먹었다.

만재도에서 내가 돌아다닐 수 있는 길은 사방팔방 다 쏘다녔다. 길이 없으면 풀밭을 헤쳤고 풀밭이 끝나면 자갈밭과 바위 위를 걸었다.

나는 살아서 만재도에 왔고 죽어서 이 시를 썼다. 유서를 쓰듯 쓴 시. 며칠을 살자고 울다가 떠난 매미처럼 벗어놓은 껍질이 이 시집이다. 그 껍질을 들고 매미를 생각하는 사람이 있을 것이다. 그 사람도 이 시집에 포함된 한 편의 시다.

−『**하늘에 있는 섬**』서문

거문도

시집 『거문도』
1998년 8월 17일, 작가정신
_시 86편이 수록된 스물한 번째 시집

거문도에 가면 누구나 시인이 된다

아름다운 곳을 아름답다고 말하는 것은 시인의 몫이다. 거문
도는 참 아름답다. 거문도에 가면 처음엔 자연에 취하고 다음엔 인물
에 감동하고 나중엔 역사에 눈을 돌린다. 거문도에는 아름다운 자연
과 그 자연을 아름답게 키우는 강인한 생명력이 있다. 그것은 우리나
라 무인도 중 가장 아름다운 백도의 실력이다. 거문도에는 100여 년
전에 아름다운 자연을 읊은 시인이 있었다. 그분은 섬이 좋아 섬만을
고집한 귤은橘隱 선생이다. 또 이 섬은 효성이 지극한 만회晩悔 선생
이 살았던 곳이고, 애국애족의 표상인 임병찬 의사가 유배되어 생을

마친 곳이다. 뿐만 아니라 거문도엔 우리나라의 근대 해양사가 있다. 영국군이 무단으로 침입해 2년 동안이나 진을 치고 있었다.

알고 보면 우리나라 섬 중에 가장 아름답다는 백도를 구경하고 생선회에 취하는 것으로 끝낼 거문도가 아니다. 거문도엔 조용한 고독이 있고, 동백 숲에는 안개처럼 자욱한 시詩가 있다.

내가 거문도에 가는 것은 백도나 생선회 때문이 아니라 시 때문이다. 그 시가 밟고 간 추억의 모래밭, 이금포, 이해포, 유림 백사의 파도 소리, 그것을 사치라고 하면 이금포 해변의 조약돌도 사치요 고독에 잠긴 모래밭도 사치다. 사람들은 삶에 골몰하다가도 그 골몰을 이금포나 이해포에 풀어놓고 싶어 한다. 그것은 시의 잉태요 시인을 낳는 산모의 몸가짐이다.

적어도 열흘쯤의 여유가 있다면 사흘은 자연에 취하고 사흘은 인물에 취하고 나머지 나흘은 역사에 취해볼 만한 곳이다.

나를 거문도에 더 가깝게 해준 이헌우 씨와 거문도 주민 여러분께 감사드립니다.

ー『**거문도**』 서문

쓰고 싶은 편지

1

바닷가에서는 혼자 말하는 독백이 좋다. 갈매기도 그렇게 혼자 말하며 날아간다. 사람들은 나보고 섬에는 누구랑 가느냐고 묻는다. 혼자 가면 무슨 재미냐고 다시 묻는다. 바다에 가면 누구를 만나느냐고 묻는다. 갈매기를 만나지. 갈매기와 무슨 이야기를 나누나. 나눈 이야기는 없지만 말은 통하지. 수화로 통하는가? 아니, 시로 통해. 갈매기도 시를 알던가. 갈매기는 원래 시인으로 태어났지. 갈매기는 우선 느낌이 달라. 갈매기를 보면 너를 보는 것 같아. 갈매기도 나를 보면 그런가 봐. 언어 없이 통하는 말, 바다에서는 다 알아들었는데 뭍으로 오면서 잊었어. 끝없는 데로 가고 끝없는 데서 오고. 그는 뭍으로 오면서 사막에 사는 까마귀가 되었다고 중얼거린다.

「시인과 갈매기」

2

다시 돌아오면 그 사기 그 걱정은 이어지지만 그저 훌쩍 떠나고 싶은 것이 사람의 마음이다. 그러나 훌쩍 떠나기란 여간 어려운 것이 아니다. 늘 떠날 준비가 되어 있는 사람도 이것저것 따지다 보면 떠나기 어려운데, 그렇지 못한 사람은 얼마나 어려울까. 떠나고 싶을 때 떠나지 못하는 마음 알 만하다. 세상에 자유가 많은 것 같아도 실지 이용하려고 들면 부족한 것이 자유다. 그러나 좌절하지 말라. 그저 출발해보는 것이다. 도중에 되돌아오는 한이 있더라도, 출발하는 것이다. 여행에서 가장 중요한 것은 출발이다. 출발할 줄 모르는 자에게 무슨 자유가 있겠느냐. 일단 출발했으면 뒤돌아보지 말라.

「도시가 미워졌을 때 훌쩍」

3

돈을 벌어 구름을 산다. 따지고 보면 나는 평생 벌어 구름을 산 셈이다. 누가 그렇게 하라고 한 것도 아니고 나도 그렇게 하려고 한 것도 아니다. 지금 전자계산기를 놓고 따져보니 그렇고 그렇다. 그러나 하나도 손해 본 것은 없다. 모두 이득이다. 권할 만한 사업은 아니지만 할 만한 사업이다. 알아서 할 일이다.

「거문도, 저 구름아」

4

거문도엔 동백꽃이 많다. 특히 서도의 신선바위로 가는 곳과 거문도 등대로 가는 길은 동백나무로 컴컴한 터널을 이룬다. 여름에 오면 그게 아쉬워 '동백꽃 피면 또 와야지.' 한다. 동백은 겨울에 핀다. 이게 무슨 역설이냐. 그리움을 독차지하고 싶어서 그랬을까. 그때 나뭇가지는 불이 달아 덥다. 동백꽃은 왜 겨울에 피기로 했을까. 그것도 동백꽃이 말해줬는데 뭍으로 오면서 잊었다. 그는 뭍으로 오면서 가시 돋친 선인장이 되었다고 중얼거렸다.

「혼자 피는 동백꽃」

5

꽃이 피어서 어울리는 장소가 있다. 동백꽃은 역시 섬에서 피어
야 어울린다. 육지에 핀 동백꽃은 아무래도 외딴섬 절벽에 핀 동백꽃
과는 느낌이 다르다. 정월에 핀 빨간 동백꽃에 흰 눈이 내린다. 절대로
차갑게 보이질 않는다. 나비 대신에 눈이 내린다. 겨울에 피는 동백꽃,
벌도 나비도 오지 않는 겨울 섬. 이럴 때 동백꽃은 엉엉 울 것 같지만
동백은 전혀 울지 않는다. 겨울인데도 꽃향기가 난다고 하면 나비들이
땅속에서 얼마나 꿈틀거릴까. 살면서 부산 피우지 않는 것이 나무와
꽃의 생리다. 생리대로 사는 지혜 그것도 아름다운 철학이다.

「동백꽃과 나비」

6

별들의 고향은 우리가 살고 있는 지구다. 우리들이 늘 하늘에
있는 별을 쳐다보듯 그들도 이곳에 있는 형제를 보고 싶어 한다. 그
들은 더러 이 땅으로 내려오다가 시인과 마주치는 수가 있다. 엄마가
만나고 싶어서 우리들이 잠잘 때 내려오다가 밖에서 서성대는 시인
에게 들키기도 한다.

「별들의 고향」

7

아무도 없는 겨울에 백사장을 거닌다. 고독이 서러운 것을 발바닥으로 느낀다. 예까지 와서 왜 이런 궁상을 떨까.

「유림 백사장」

8

수월산 넘어가는데
염소 새끼가 날 따라온다
저쪽에서 어미가 불러도 날 따라온다

—「날 따라온다」에서

모든 새끼는 어미보다 귀엽다. 그런데 너의 어미 두고 왜 날 따라오느냐. 물론 한참 따라오다 돌아가긴 했지만, 내가 너의 어미 닮은 곳이 있더냐? 잠시라도 내가 너의 어미 된 네 착각이 고맙다. 어떤 그리움이든 그리움은 어머니를 닮아간다.

「날 따라온다」

9

큰 사전이고 작은 사전이고 입을 모아 공중누각空中樓閣이란 근거나 현실적 토대가 없는 가공의 사물을 이르는 말이라 했다. 신기

121

루라 했다. 그렇다면 나의 시는 모두 공중누각인가. 그래서 공중누각
은 오염이 되지 않는 것인가. 그 누각엔 먼지가 없다. 여기는 내가 좋
아하는 한라산이 보이고 내 시가 뭉게구름을 타고 가는 성산포가 보
인다.

「신선바위, 진짜 공중누각」

10

상백도와 하백도는 거문도의 자랑거리요 우리나라의 자랑거
리다. 우리나라에서 제일 아름다운 섬이다. 거문도 동쪽으로 28km.
배로 약 30분쯤 가면 해상에 39개의 무인군도가 수평선상에 나타난
다. 이때부터 배에 탄 사람들은 흥분의 도가니에서 헉헉거린다.

갖가지 기암괴석과 절벽이 장관일 뿐 아니라, 그곳에는 아열
대식물이 350여 종, 조류가 30여 종 그리고 바닷속에는 120여 종의
물고기와 40여 종의 해양식물이 자라고 있다. 백도를 보고서 우리나
라 섬을 봤다고 하라.

「수평선상의 유무有無」

11

여름 휴가철에 혼자서 배낭을 메고 파도에 흔들려도 멀미를
하지 않는 여인은 아름답다. 시원한 갑판 위에서 먼 섬을 보며 노래
부르는 여인은 아름답다. 물 위를 저벅저벅 걸어갈 것 같이 구두끈을

다시 매고 갈매기를 보는 여인은 아름답다. 가까이 가서 말을 걸고
싶다. '어디 가는 길이냐'고.

「섬으로 가는 자유인」

12

섬에서는 곤충의 살육도 몸서리가 난다. 동도의 망양봉을 넘
어가면 그쪽 바다는 거칠 것 없이 널브러져 시원한 바람이 온종일 불
어온다. 풀숲에는 곤충이 천국인 양 마음껏 놀고먹고 산에는 산새와
물새들이 낙원을 이루고 있다. 이곳에서 살육을 보면 곤충도 잔인해
보인다. 그만큼 섬은 순수하다.

「사마귀와 메뚜기 싸움」

13

편지 쓰고 싶다. 아무에게나 쓰고 싶다. 적어도 이만한 외로움
을 이해할 줄 아는 사람이면 그 사람에게 쓰고 싶다. 사람들은 말하
길 서울엔 없는 것이 없다고 한다. 하지만 섬에도 서울에 없는 것이
있다. 서울에는 죽은 것이 많지만 섬에는 산 것이 많다. 물고기가 살
아 있고 미역이 살아 있고 인정이 살아 있고 기도祈禱가 살아 있다.
나무뿌리가 살아 있고 영혼이 살아 있다는 거, 즉 생명이 살아 있다
는 거, 그게 얼마나 중요한 일이냐. 살아 있는 생명을 가지려면 섬으
로 오라. 섬에서 소를 길러 서울에 보내고, 서울에서 기죽은 사람을

섬에 보내라고 쓰고 싶다.

「서울이 보이지 않는 곳에서」

13-1

거문도란 독립된 하나의 섬이 아니라 고도, 동도, 서도 셋을 합쳐서 말한다. 여수에서 배가 오면 들어서는 곳이 고도, 즉 거문리이다. 사람들은 거문도에 오면 거문리에서 백도에 왔다가 쏜살같이 달아나는데 여유가 있는 사람은 동도에도 들르고 서도에도 들렀으면 한다. 그리고 거문도에 대한 역사를 생각하는 일도 좋은 일이지. 생각이란 아름다운 것이니까. 고도에 얽힌 역사, 동도의 귤은 선생, 서도의 만회 선생, 거문도에 유배됐던 임병찬 의사 등 섬에서 맑고 깨끗하게 살다 간 사람들의 산 증거가 그곳에 있다. 흙에서 역사를 배운다는 것은 산 사람들의 미덕이기도 하다. 좀 머물다 가라, 좀 생각하다 가라.

「서울이 보이지 않는 곳에서」

14

거문도에 가면 백도보다 귤은 김유金瀏(1814~1884) 선생을 알아야 하고 그곳에서 돌아오면 김유 선생을 먼저 이야기해야 할 일이다. 백도는 아름다운 자연이요 귤은은 거문도가 낳은 백도만큼이나 맑고 투명한 인물이다. 깨끗하고 맑은 자연은 깨끗하고 아름다운 인맥으로 이어져야 더 아름답듯 귤은은 평생을 두고 거문도의 아름다움을 시가詩歌로 노래한 분이다. 일찍이 거문도를 그분만큼 아름답게 시로 쓴 분은 없다. 보길도 하면 고산孤山 윤선도尹善道를 떠올리듯 거문도 하면 귤은 김유를 떠올린다. 귤은은 그 섬에서 태어나 그 섬에서 자랐고 그 섬에서 배우고 가르치며 그 섬을 노래한 사람이기에 더욱 거문도의 정서가 담긴 인물이다. 거문도에 가거든 그분을 잊지 말라. 나는 백도 앞에 서면 눈에 경련이 일고, 그분의 영혼 앞에 서면 뇌리에 경련이 인다. 나는 이 두 가지 이유로 해마다 거문도를 찾는다.

아 아름다운 인물이여, 고도孤島는 당신들 때문에 고독하지 않다. 거문도에 인물이 없고 백도만 무인도로 있다고 해보자. 그 섬은 얼마나 외로움이 가득한 새들의 섬이겠는가. 거문도에 귤은이 있었기에 거문도는 아름다운 역사의 섬이 되는 것이다. 그 이유만으로도 거문도를 찾아온 사람들은 옷깃을 여며야 하고 그 섬에 티끌 하나 버릴 수 없는 이유가 된다.

「귤은 선생이 보고 싶어」

15

섬에 오면 낚시를 하느냐고 묻는다. 머리를 흔들었다. 무슨 재미냐고 묻는다. 머리를 흔들었다. 남들은 모른다, 시심을 먹고사는 시인의 마음을 사람들은 모른다. 조금은 가난하게 조금은 외롭게 조금은 춥게 살아야 시심이 생기는 시인의 마음을 모른다.

「거문도 시심詩心」

16

섬에서 글 쓰는 사람, 얼마나 부러운지 모르겠다. 나야 섬에
가면 고작 열흘이지만 평생을 살며 글을 쓰는 사람들을 보면 머리가
숙여진다. 그래서 거문도에 오면 동도로 서도로 쏘다니느라 분주하
다. 동도엔 귤은이 살았고, 건너편 서도엔 만회晚悔(1806~1885)가
살았다. 귤은은 71세에 갔고, 만회는 79세에 갔다. 귤은은 술을 좋아
한 모양이다. 나는 술 끊은 지 오래됐지만 그의 시심에 끌려 그의 후
손 김씨와 마주 앉아 술 한 병 비웠다. 주심酒心은 시심詩心인가. 다
음은 귤은의 시 「주후회음*」을 감상하자. 그의 시는 모두 한시로 되
어 있다.

요사이 머리털이 희끗희끗한데
이 앞날 주경*을 불태우지 못한 게 후회라네
쇠를 지어 만들지 못한 이내 몸 아쉽고
속절없이 나의 배는 금병金瓶으로 보이네

• 주후회음(酒後悔吟) : 술 깬 뒤 뉘우치며 읊음.
• 주경(酒經) : 술을 빚는 기록이 담긴 책.

음식을 탐내는 것은 내 집안 내림병인지
취할 때는 주인 늙은이 도무지 알 수 없어
누가 장차 술동이에 나를 띄우려는가
일백 번 벌 받기로 마음속에 새겼네

　　　　　　―「주후회음」 전문(『귤은재문집橘隱齋文集』)

귤은은 말년에 시를 많이 썼다. 귤은은 만회보다 여덟 살 아래
이지만 만회보다 한 해 먼저 갔다. 여기 만회에게 바치는 시가 있다.

강호江湖의 풍경이 적막한 지 오래더니
요사이 좋은 소문 들었네
이름 없는 자신을 스스로 위로하고
다행히 덕 있는 늙은이 이웃집 되었네
그릇을 만드는 데는 구슬이 귀중하고
거문고 만들려면 오동나무가 좋아야지
호시절 독서하던 선비들도
어찌하여 가난하게 살았을까

　　　　　　―「봉정만회처사奉呈晩悔處士」 전문(『귤은재문집』)

　　　　　　　　　　　　　　　　「술과 벗과 시」

17

담배도 피워본 사람이 맛을 알듯이 고독도 겪어본 사람이 안다. 등대로 가면서 더 고독해진다. 민감한 피부, 바다가 온몸에 두드러기를 일으킨다. 고독도 일종의 알레르기성 질환이다. 살아보니 결국 사는 것은 혼자다. 집단도 혼자요 여행도 혼자요 시작詩作도 혼자다. 모두 착실한 혼자다. 혼자 가는 저 영혼을 불러들이는 것이 인생의 의무요 권리다. 권리는 무슨 권리인가. 나도 권리를 갖고 싶다. 이 말을 하고 나니 어쩐지 창피하다.

「녹산 등대로 가는 길」

17-1

잔잔한 바닷가 잔디밭, 살금살금 걸어오면서도 남들의 밀회를 방해하는 것 같아 발을 멈춘다. 남들도 이런 자리에 오면 나에게 그런 눈치를 보일 거다. 서도에 있는 녹산 등대의 벼랑에 서면 그런 눈치로 울창한 숲이 지켜본다.

「녹산 등대로 가는 길」

18

서도의 매력은 잔잔한 바람이다. 나비처럼 날아왔다 나비처럼 날아가는 바람. 그 바람에 실려 나는 서도 서쪽 끝에 있는 녹산 등대에서 동쪽 끝에 있는 거문도 등대까지 걸어간다. 서도와 동도 사이에 있는 바다는 잔잔한 호수다. 호수에 갈매기가 뜨고 그 갈매기 따라 나는 수월산으로 간다. 가다가 배를 만나 배를 탔는데 배에 실린 중력이 어머니 뱃속에서처럼 편안하다. 수월산 동백나무 터널을 지나며 나도 모르게 노래를 불렀다. 콧노래다. 코가 노래를 부를 만큼 이 길은 상쾌하다.

「거문도 등대로 가는 길」

19

　노아努我[*]야, 나는 너하고 언제쯤 다음과 같은 대화를 나눌 수 있을까. 너는 지금 1년 10개월, 앞으로 20년 후라고 한다면 그땐 내가 이 땅에 없을 텐데, 하지만 문자로 이뤄진 내용이야 그때쯤에서 네가 익히면 되는 것이니 염려될 것이 없다. 나는 젊어서부터 떠돌며 섬을 보고 시를 쓴 사람이다. 나는 거문도에 여러 차례 왔다. 그중 너의 아버지와 알게 된 것은 1995년도였고, 1997년도엔 네가 엄마 등에 업혀 있었다. 그때 나는 일흔에 가까운 나이였다.

　노아가 이 세상에 태어날 때 엄마는 예쁜 호랑이, 그렇지만 용맹스럽게 보이더라는 호랑이 꿈을 꿨고, 출생일이 가까워지면서 너는 뱃속에서 천국에서처럼 태연하게 놀다가 1995년 12월 25일에 태

• 노아는 내가 이 글을 쓰고 있을 때 옆에서 놀던 아기. 이헌우 씨의 장남.

어났단다. 그 전날 밤 엄마는 TV에서 〈노아의 방주〉를 보고 너는 12월 25일, 네가 이 세상에 나오려면 아직 멀었으니 일주일 후에 오라는 의사의 말을 어기고, 그대로 입원실에서 대기하고 있는데 12월 25일 성탄절에 네가 태어나 보통일이 아니어서 아빠가 '노아'라고 이름 지었단다.

노아야, 누구나 사람다운 사람이 되려면 스스로 노력하지 않고는 어려운 것이니, 나도 생각이 있어 미래의 너에게 이런 편지를 쓰는 것이다. 20년 후 그때 너는 22세, 그 나이면 이 시집에 담긴 글이 이해되리라. 네 고향 거문도를 사랑하고 바다에 뜬 이 나라 국토를 사랑하라.

이야기는 종교와 연관된 이야기가 아니고 거문도에 관한 이야기다. 나는 거문도, 백도를 보러 왔다가 동도에 살았다는 귤은 선생의 이야기를 들었고 영국인 묘지를 드나들다가 영국군이 거문도에 침입했던 것을 알았다. 물론 나는 섬을 돌아다니며 역사의 뿌리나 가지를 찾으려 한 것은 아니었다. 시를 쓰고 그곳에 사는 사람들의 애환이나 듣자는 것과 변해가는 자연을 관찰하는 정도였는데 섬을 많이 접하다 보니 이제 그 섬의 성격도 알게 되었다.

거문도에서는 이상하게 역사의 냄새가 풍겨왔다. 뒷산에 영국 사람의 묘와 거문리 상가의 일본 사람의 헌집을 보면 점점 역사 냄새가 짙어간다. 영국군이 침입한 것은 1885년 4월 15일이었다. 그리고 지금 네가 사는 고도古島를 왜도倭島라고 불렀고.

노아야, 거문도는 1510년 왜인들이 삼포三浦로 들어와 난을 일으킨 것으로 시작해서 러시아도 영국과 마찬가지로 늘 이 섬을 노려왔단다. 1845년에는 영국이 측량을 끝내고 사마랑의 선장 이름을 따서 이 섬을 포트 해밀튼이라 표기했다. 그리고 1885년 4월 15일 점거한 뒤 왜도(현재 거문리 즉 고도)에 관측소를 설치했다. 1887년까지 23개월을 무단으로 점거했던 것이다.

하기야 동백나무로 뒤덮인 수월산을 넘어 등대를 한 바퀴 돌고 나면 여행이 끝나는 것이지만, 실은 그게 아니다. 거문도에 외국인들의 발자취가 떠오르게 되는 것을 막을 수 없다. 더욱이 나는 며칠 전에 이곳 면장 박종산 님으로부터 『근대한영해양교류사』(김재승 저, 인제대학교 출판부, 1997)를 받고는 감회가 새로워졌다. 너도 그 책을 읽어보길 바란다. 내 역사 이야기란 그곳에서 얻은 지식이 대부분이다. 그 가운데 영국인 밀듀가 그린 스케치와 우즈가 찍은 흑백사진에서 본 110년 전의 우리 조상들의 순진한, 너무 순진한 나머지 좀 미안한 말이지만 무지에 싸인 아니 조정의 무관심 때문에 더 서글펐던 순진성에 분노했다.

예를 들면 그 사진 중에 이런 사진은 너도 보고 느껴야만 하는 민족의식 같은 것, 그런 것이 가슴을 뭉클하게 했다. 맨발로 서 있는 여인의 모습이며 흰 옷에 대나무 지팡이를 쥐고 어색하게 앉은 주민의 모습이 나에게 개운한 마음을 전해주지는 않았다. 긴 죽장에 갓 쓰고 담뱃대를 입에 문 할아버지의 모습은 당당했지만. 사실 말이지 이 영국 군인의 침입을 알고는 입맛이 싹 가셨단다. 이럴 수가? 하는 감정에서 그랬을 거다.

상백도니 하백도니 하는 관광만을 위한 여행이란 정말이지 우리 민족 역사의식에 역행하는 것 같은 자책감마저 들었으니까. 그래서 적어도 거문도에 오면 자연, 인물, 역사를 함께 보라는 것이다.

예나 지금이나 거문도란 동도와 서도 그리고 암탉이 품고 있는 알과 같은 섬 고도를 말하는데, 이 세 섬의 운명이 서로 달리 처해 있었단 말이다. 이 중 제일 이용가치가 있는 섬이 고도였다. 고도엔 일본 사람들이 살고 있었고 서도에는 영국 주둔군들의 윤락을 유도하기 위해 일본 사람이 유곽을 세워 윤락녀들을 풀어놨다는 이야기다. 나는 귤은 선생의 문집에서 읽은 시문詩文에 반해 동도에 가서 그의 사당을 참배했고 그분이 거닐던 길을 찾아 신선바위까지 올라가 뱃길을 바라보며 시심에 잠기기도 했다만 작년(1997)부터는 완전히 역사적 인물에 빠지고 말았다.

까닭 없이 자국의 이익만을 위해 1885년 4월 15일 포함을 이끌고 평화롭게 사는 이 거문도에 진입하니 그게 페거스 호요 그렌펠

함장이다. 그는 사진기를 가지고 있었다.

영국 해군 장병이 우리나라 땅에 처음 들어온 것은 부산 용당포龍塘浦 해안에서인데 그것은 1797년, 그때 영국은 오대양 육대주에서 '영국기가 내려질 날이 없다'고 장담했던 해양 강국이었다. 그여파로 지금도 뉴질랜드나 오스트레일리아에는 영국 국기가 펄럭이고 있단다. 중국만 해도 150년 전에 점유했던 홍콩을 1997년에야 반환받았으니까. 만약 영국군이 계속 버티고 있었다면 거문도는 지금쯤 영국 국기가 펄럭이고 있을지도 모른다.

'조용한 아침의 나라' '조용한 은둔의 나라' 하면서 찾아든 거야.
서양 배가 우리 바다에 출현한 것은 1627년에 네덜란드 상선우베르케르크Ouwerkerck호였으며, 1653년 8월 15일 제주도 연해에서조난당해 조선 해역으로 밀려온 것도 역시 네덜란드 상선 스페르베르Sperwer호였다. 1787년 5월 프랑스 해군의 부솔Boussole호와 아스트롤라베Astrolabe호 두 척이 동해로 들어와 조선 근해를 탐사했다. 용당포사람들은 이 서양 배(이양선)에 적대감을 보이지는 않았다고 한다.
1842년 영국은 중국과 아편전쟁을 했고 1854년에 러시아 푸티아틴Putiatin 제독의 극동 순방함대가 조선 해역으로 들어온 것은영국 해군이 탐사한 보고서를 읽고서였다.
1866년에서 1868년까지 2년간은 유태계 독일 상인 에른스트 J. 오페르트Ernst J. Oppert가 세 차례나 우리나라를 내왕했으며, 1867년 1월에는 미국 군함 와추셋Wachusett호, 이들은 에드워드 벨처 Edward Belcher 함장의 항해기를 통해 거문도에 관한 지식을 얻었다 한 다. 1866년 프랑스 극동 함대와의 강화도 전투(병인양요), 1871년 미 국 태평양 함대와의 강화도 전투(신미양요) 그리고 1885년 영국 해 군의 거문도 무단 점거 사건. 이때 23개월 동안 연 인원 4,000에서 5,000여 명의 영국인이 거문도를 다녀갔다.

이런 일을 우리들은 잘 모르고 있고, 이것을 알리려고 『거문도 의 역사』나 『거문도 백도』 등 관광 안내 책자에 약간 비추기도 했지 만 잘 읽히지도 않고 또한 그 글을 흘러간 이야기쯤으로 경시하는 풍 조가 있어 섬을 사랑하는 한 사람으로 서운함을 금할 수 없다. 아직 어린 너에게 이런 역사적인 사실을 이야기하고 있는 것은 삼면이 바 다요 3,000여 개의 섬을 가지고 있는 우리나라 젊은이들이 바다와 섬에 많은 관심을 가져달라는 뜻에서 그러는 것이다.

노아야, 이런 기록은 김재승 선생이 쓴 『근대한영해양교류사』 를 읽고 더 자세하게 알았다. 이 책에는 그 당시의 사진과 그림이 여 러 장 소개되어 있다. 그중 서도에서 영국인이 그린 동도 유촌리 주 민 부락 전경은 지금과 마찬가지로 평화스런 모습이다. 나는 이 부락 에 세 차례나 올라가서 글을 쓴 적이 있다. 이 섬에서는 학동들이 서

당에서 글 읽는 소리가 들리는 것만 같았다. 물론 훈장은 귤은 선생이고.

영국인 밀듀가 그린 그림 하나는, 거문도 촌장을 만나 여송연을 권하는 장면인데 "담배 케이스를 내놓자 교활한 촌장은 한 개를 입에 물고도 하나 남은 것도 뒤로 감추고 있다."라고 설명을 달고 있다. 또 다른 그림은 밀듀가 해변에 앉아 나룻배를 기다리는 동안 벌거벗은 어린이들이 다가오자 이를 쫓고 있는 그림인데, 설명에는 "원주민들 사이에 천연두가 만연해 있어 그는 어린애들과 일정 거리를 두려고 애를 쓴다. 언제 보트가 오지?" 이런 설명이 붙어 있다. 그리고 그 그림은 《그래픽 The Graphic》지와 《일러스트레이티드 런던 뉴스 The Illustrated London News》지에 게재되었다. 이 그림에서 전염병(천연두)이 많고 사악한 주민으로 표현된 것은 참지 못할 창피다. 나룻배에 타도 영국인들은 거리를 두고 탔다니까. 그리고 그 화보 그림을 봐도 알겠다. 나룻배를 네 사람이 젓고 있고 영국인은 거리를 두고 뱃머리에 앉아 있으니까.

이런 그림을 보면서 나는 소름이 끼칠 정도로 창피했다. 100여 년 전의 우리 모습이 너무도 초라하고 창피해서 그랬다. 삼면이 바다요 3,000여 개의 아름다운 섬을 가진 우리나라의 초라함을 보는 것 같아서 그랬다.

노아야, 너는 네 고장의 아름다움을 자랑하기 전에 그 아름다움을 가꾸고 지키는 일은 물론이요 네 고장의 역사뿐 아니라 이 나라의 해양사를 이해하는 데도 게을리하지 말아야 한다. 안녕.

1998년 여름

거문도에서

―『거문도』 후기

외로운 사람이 등대를 찾는다

시집 『외로운 사람이 등대를 찾는다』
1999년 9월 10일, 작가정신
_시 62편이 수록된 스물두 번째 시집

등대는 외로운 사람의 우체통이다

등대는 별에서 오는 편지와 별에게 보내고 싶은 편지를 넣어
두는 우체통이다. 그래서 사람들은 혹시나 하고 등대를 찾아가고 별
에게 보낼 편지를 넣으려고 등대를 찾아간다.

등대엔 낙서가 많았다. 유인 등대보다 무인 등대에 더 많았다.
여서도 등대에도 그런 낙서가 있었고 백도의 무인 등대에도 그런 낙
서가 많았다. 그것은 한결같이 별나라에 보내고 싶은 심정으로 써놓
은 어린 마음의 기원이었다. 사람들은 외로울 때 낙서를 많이 한다.
시는 그런 낙서의 성숙이다.

등대는 동심의 등불이요 추억의 등불이다.

추자도의 마지막 유인도인 횡간도에 사는 서씨 노인은 나에게 어려서 소풍 때 바라보던 등대를 보여주며 이런 말을 했다. "아직도 내가 저기 서 있는 것 같다."고. 그는 지금 70이 넘었는데도 그때의 추억을 바라보고 있었다. 추억은 아무리 고통스러웠던 것이라도 반갑고 아름답게 다가온다.

나는 이 세상에서 가장 외로운 곳만 찾아다니고 싶어서 무수한 섬을 찾아다녔다. 그런데 섬에 가보니 또 다른 섬이 있었다. 그것은 등대였다.

나는 이 외로운 우체통에 무슨 편지를 써넣었으며 그 편지는 별에게 잘 전달이 되었는지 하는 것은 확인하지도 않고 쓰기만 했다. 그중 어느 것 하나쯤은 별에 가 있겠지 하는 심정으로 쓰기만 했다.

1999년 9월
─『외로운 사람이 등대를 찾는다』 서문

시인과 갈매기

시선집 『시인과 갈매기』
1999년 8월 28일, 우이동사람들
_시 90편이 수록된 첫 번째 시선집

백화점을 구멍가게로 줄였습니다

나는 나를 줄였습니다. 백을 열로 줄이고 열을 다시 하나로 줄였습니다. 내가 좋아하는 바다도 줄이고 산도 줄였습니다. 그리고 내가 사는 근처의 화려한 백화점도 조그마한 구멍가게로 줄였습니다. 그랬더니 그 가게에서 내가 나오는 것이 보였습니다.

나는 이렇게 나의 시집에서 나를 보고 싶었습니다. 그것이 이 시선집에서 이뤄졌습니다. 마치 내 얼굴이 보이는 손거울을 얻은 것 같아서 기쁩니다. 나는 이 거울을 가지고 다니며 내가 보고 싶을 때 휴대폰처럼 꺼내서 나를 불러낼 것입니다. 시는 그 사람의 얼굴이 보이는 거울이니까요.

나의 시집 스물한 권 중에서 현재에 가까운 열 권을 뽑고 그 열 권에서 각각 아홉 편씩 골라 이 시선집에 담았습니다. 나머지 열한 권의 시는 다음 기회에 선별하려 합니다.

1999년 여름
―『시인과 갈매기』 서문

행복하다는 말

1

이 시선집을 제주도 성산읍 오조리吾照里에 와서 정리했다. 오조리 식산봉 밑에 버려진 창고 하나를 채바다 시인이 수리해서 작업실로 꾸몄다. 나는 갈매기가 보고 싶으면 이곳으로 내려온다. 이곳은 바다와의 거리가 불과 5m밖에 안 된다.

울창한 대나무와 소나무숲 속에 자리 잡고 있어서 다소 습기가 차지만 책 읽고 글쓰기에는 이보다 좋은 곳이 없다. 물론 불편한 점도 있다. 그러나 그 불편함이 오히려 생활을 단조롭게 해줘서 하는 일에 더 몰입할 수 있다.

TV는 물론이요 전화도 신문도 라디오도 없다. 수도가 없어 물은 하루 한 병씩 길어다 마신다. 이곳에서 1km는 가야 마을이 있다. 화장실은 재래식이어서 하루 한 번씩 청소를 해도 늘 거미줄이 쳐 있다. 화장실에 갈 적마다 거미줄이 내 얼굴을 덮친다.

새소리에 잠을 깨어 보면 왜가리가 와 있고 왜가리가 아침 식사를 끝낼 무렵이면 우도와 일출봉 사이로 해가 떠오른다. 혼자 보기엔 아까워서 누가 없나 하고 둘러보기 일쑤다. 더러는 사진작가가 사진기를 세워 놓고 해 뜨기를 기다리는데 그 밖에는 이곳에 오는 사람이 없다.

어젯밤에는 밀물의 양이 많아서 바닷물이 도로를 덮었는데 숭어가 밀려왔다 내려가지 못하고 길바닥에 누워 있었다. 그 숭어는 죽은 지 반나절 만에 썩기 시작했다. 쇠파리가 덤비고 썩은 냄새가 코를 찔렀다. 주검이 썩은 것이다. 삶이란 썩지 않도록 자기 몸을 관리하는 것이구나. 몸과 마음을 썩히지 않으려면 앞뒤를 살피는 데 민첩해야 하는구나 하고 나는 죽은 숭어에게서 오늘의 양식을 얻었다.

2

청소를 하고 아침 식사 후에 나가 보면 제비나비가 순비끼꽃에서 보리밥나무와 황근꽃으로 옮겨 다니는 것이 눈에 띈다. 짝을 찾아다니는 것이다. 이때까지도 나에겐 방문객이 없어서 외롭지만 이런 것을 보는 것이 얼마나 위안이 되는지 모른다. 소나무 사이에 참

나리가 무리 지어 있고 예덕나무와 자귀나무꽃이 어우러져 눈의 피로가 금방 가신다. 이때쯤이면 순박한 메꽃이 둑길에 활짝 펴서 생기를 돋워 준다. 메꽃 속으로 들어가는 개미를 따라 나도 꽃 속으로 들어가고 싶었다. 개미가 가는 곳에는 먹을 것이 풍성하다. 개미를 보고 가식 없는 소리를 지른다. '살아 있는 한 부지런해야지.' 하고.

3

오후가 되면 마을에서 할머니들이 물 빠진 바다로 들어가 조개를 잡는다. 저녁 여섯 시까지 서너 사발씩 잡아 가지고 돌아간다. 그때부터 물이 들어오기 시작하면 밤 열 시쯤에는 길이 없어진다. 식산봉 둘레 반은 바닷물이 차올라 오도 가도 못하게 된다.

이 집을 '詩人의 집'이라고 했는데 시인의 집에 늦게 돌아오면 야단이다. 방문을 열자 온갖 벌레들이 도망치느라 야단이다. 제일 동작이 빠른 놈이 바퀴벌레다. 다음이 갯강구. 물론 거미도 빠르지만 바퀴벌레만은 못하다. 어느 틈새로 들어왔는지 게도 들어왔다가 사람을 보고 비닐 장판 위를 미끄러지며 달아난다. 딱정벌레는 물론이요 여치 잠자리 지네도 들어오는 수가 있다. 천장에서 도마뱀이 떨어진 일도 있었다. 그러나 이젠 놀라지 않는다. 모기만 빼놓고 모두 밖으로 내보낸다. 모기도 스스로 나가려고만 하면 내보내겠는데 죽음을 무릅쓰고 밖으로 나가려 하지 않는다.

남의 피를 먹고 사는 놈이라 고집이 대단하다.

4

산에 올라와 사는 게가 있다. 게가 산에 올라와 구멍을 뚫고 사는 것을 보면 엉뚱한 짓을 하는 것 같은데 실은 그것이 매력이다. 왜 그러느냐고 게보고 물어볼 일은 아니다. 그것은 나보고 물어볼 일이다. 나는 집을 떠나 멀리 바닷가에 와 있고 게는 바다를 떠나 산에 와 있고 이것을 간섭하는 사람이 없다는 것은 천만다행이다. 게도 물이 싫으면 산에 갈 일이다.

'게야, 우리 집에 놀러 와.' 이런 말을 건네고 싶었다.

5

밤에는 별들이 금방이라도 쏟아질 것 같은 물방울이 된다. 조그마한 등 하나 켜놓고 밖에 나와 보면 불빛이 물속에 가라앉아 호숫가의 집 한 채를 연상케 한다.

밤이 깊도록 '詩人의 집'엔 아무도 오지 않았다.

6

제주도에 오면 제주시에서 성산포로 이동한다. 성산포에서 우도 아니면 마라도, 가파도, 비양도로 갔다가 다시 성산포로 되돌아온다.

시선집 『시인과 갈매기』의 원고를 정리하고 나니 오름 생각이 났다. 배낭에 생수 한 병 집어넣고 중산간으로 떠났다. 세모고랭이오름(가명)을 찾아갔다.

들어서자마자 숲이 가로막았다. 고사리, 엉겅퀴, 산딸기, 청미래덩굴, 자귀나무, 산수국, 보리밥나무, 예덕나무, 찔레, 삼나무, 삼나무는 수령이 30년에서 40년은 되었겠다. 새가 따라오며 운다. 휘파람새가 힘차게 운다. 좀비비추와 섬잔대가 초롱불 들고 따라온다. 대부분이 아열대 식물이다. 끝까지 계속되는 것은 역시 삼나무였다.

휘파람새가 동에서 울면 서에서 받고 남에서 울면 북에서 받아넘긴다. 키가 낮은 고사리가 따라온다. 산수국이나 키 큰 고사리는 저 아래에 멈추고 낮은 풀들이 이어지는 것은 산이 높아진 것을 말한다. 정상에서 만난 가개비(개구리)가 목청껏 운다. 저희들끼리 무슨 연락을 취하는 모양이다. 정상에 오르자 이번에는 산딸나무와 서나무가 빽빽하게 들어선다. 서나무끼리 꼭 껴안고 있다. 수액이 서로 통할 것 같았다. 나무들도 외로우면 껴안는 것일까. 서나무 숲으로 바뀌면서 내리막길이다. 정상에 올라와도 분화구가 모습을 드러내지 않는다. 모습을 드러내지 않을수록 그 신비가 심오해진다. 올라올 때 삼나무는 수직으로 하늘을 가렸는데 분화구로 내려가면서는 산딸나무와 서나무가 곡선으로 하늘을 가린다. 그때까지도 분화구는 눈에 들어오지 않았다.

바람꽃과 새우란이 이어진다. 바람꽃은 봄소식만 전하고 사라지는 꽃인데 깊은 숲 속이라 아직도 봄인 줄 알고 있나 보다.

드디어 드러냈다. 오름 높이(표고 508m)의 절반으로 내려앉은 분화구, 주위는 무성한 숲으로 빈틈이 없다. 분화구엔 조용하니 세모고랭이풀이 둥근 늪을 메웠다. 200m 가량의 둘레 안엔 물속식물로 가득 차 있다. 예덕나무, 산딸나무, 서나무, 자귀나무 등으로 둘러싸인 원형의 늪이 평화스러운 옥답으로 살아 있다. 서나무가 군락을 이룬 데서 새들이 마음 놓고 운다. 원시 상태 그대로다. 세모고랭이꽃이 만발하면 장관이겠다. 정말 신선들이 노는 곳을 몰래 훔쳐보는 설렘이다.

기다리고 있으면 귀한 사람이 하늘에서 내려오거나 늪에서 솟아오를 것 같아 그 자리가 떠나기 싫었다.

7

제주도엔 이런 오름이 368개나 된다. 내가 자주 오르는 오름은 다랑쉬오름인데 이 오름 정상에 서면 제주도 절반이 한눈에 들어온다. 그곳에서 날개를 펴면 저절로 하늘을 날 것 같은 마음의 호수, 금방이라도 구름이 될 것 같은 환상, 어린이처럼 이 환상을 타고 시의 세계로 날아가는 나는 행복하다. 이런 데서 '행복하다'는 위조지폐를 남발하는 것은 죄가 아니다. '나는 행복하다.'

—『시인과 갈매기』 후기

* 『나를 버리고』,『내 울음은 노래가 아니다』,『섬마다 그리움이』,『불행한 데가 닮았다』,『서울 북한산』,『동백꽃 피거든 홍도로 오라』,『먼 섬에 가고 싶다』,『일요일에 아름다운 여자』,『하늘에 있는 섬』,『거문도』에서 9편씩 골라 엮었다.

걸어다니는 물고기

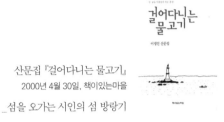

산문집 『걸어다니는 물고기』
2000년 4월 30일, 책이있는마을
_섬을 오가는 시인의 섬 방랑기

무인도로 가는 낚싯배에 타고 있었다.

옆에 앉아 있던 사람이 나를 보고 낚싯대도 없이 왜 이 배에 탔느냐고 물었다. 구경하러 간다고 했더니 낚시를 하며 구경해도 되지 않느냐고 했다. 그럴듯한 말이지만 나는 낚싯대를 메고 다니기가 싫었다.

섬이 아름답고 낚시가 재미있다는 말은 내가 하지 않아도 된다. 그보다 맨 처음 무인도에 와서 사느라고 얼마나 고생했으며 파도처럼 밀려오는 고독을 어떻게 밀어냈을까 하는 생각에 젖어 나는 낚싯대를 메고 다닐 여유가 없었다.

망망대해 무인도에 떨어졌을 때 우선 목숨을 유지하기 위해 목숨을 걸고 사는 일에 도전해야 했을 것이다. 맨손으로 시작하는 일이 쉬울 리 없다. 고기를 잡는 일도 그렇고 식수와 땔감을 구하는 일도 그랬을 것이다. 더욱이 인간의 힘으로 막아낼 수 없는 재앙에도 대처해야 했으니 인간으로서 짜낼 수 있는 모든 지혜를 짜내고도 부족했을 것이다. 그렇게 섬에 뿌리박고 5대, 6대째 이어온 사람들의 얼굴을 보면 절로 머리가 숙여진다. 그들의 주름살에서 그런 고통을 읽을 수 있기 때문이다. 바위에 이끼가 서리듯 그들의 이마에도 진한 이끼가 서려 있다. 거기에 무슨 가식이 있으며 무슨 거짓이 있으랴.

나무 한 그루, 풀 한 포기, 깻잎 한 장, 조개껍데기 한 개, 모두 그들의 생명을 유지하기 위해 있었던 것들이기에 감회가 깊다. 그리고 인간의 지혜와 자연의 신비에 새삼 머리가 숙여진다. 그런 맛에 취한 내가 어떻게 낚싯대를 메고 다닌단 말인가.

나는 오랫동안 섬에서 섬으로 돌아다녔다. 그리고 섬사람들이 생활을 통해 얻은 고독과 그 고독에서 우러난 시심을 씹고 되씹으며 『걸어다니는 물고기』를 썼다. 그러므로 이것은 나의 방랑기이자 나의 체험에서 온 시론詩論이라고 말하고 싶다.

2000년 초여름
－『**걸어다니는 물고기**』 서문

그리운 섬 우도에 가면

시집 『그리운 섬 우도에 가면』
2000년 8월 10일, 책이있는마을
_시 85편이 수록된 스물세 번째 시집

개정판 시집 『그리운 섬 우도에 가면』
2010년 4월 10일, 우리글
_시 85편이 수록된 스물세 번째 시집 개정판

"우도에 가십니까?"

이 말은 묻기 위한 말이 아니라 우도에 가는 것을 환영한다는 말이다. 제주도 동쪽 성산항에 모인 사람들은 모두 우도로 가는 사람들이다. 30년 전만 해도 "우도에 가십니까?"가 아니라 "뭐 보러 우도에 가십니까?"였다.

그때 우도엔 소나 말밖에 갈 곳이 아니라고 했다. 그러던 것이 요즘은 사람과 자동차가 간다. 산호백사장에서 산호모래 한 줌만 가져가도 수십만 원의 벌금에 처한다고 경고하고 있다. 그만큼 우도는 황금으로 변했다. 전에는 오토바이 한 대밖에 없었는데 지금은 철선 네 척이 하루 종일 자동차를 실어 가고 실어 온다. 이젠 "뭐 보러 우도에 오십니까?"가 아니라 "왜 우도에 안 오십니까?"가 되었다.

나는 고향 같은 성산포에 가면 꼭 우도에 들른다. 왜 그럴까.

첫째, 우도엔 생생한 개척 정신이 남아 있다. 어느 섬이고 개척 정신으로 이룬 것이 유인도지만, 특히 우도는 황무지를 옥토로 바꾼 대표적인 섬이다.

둘째, 우도엔 강하고 부지런한 어머니가 있다. 우도의 어머니는 밭과 바다에서 쉴 새 없이 일한다. 밭에선 마늘과 땅콩을 캐고, 바다에선 해초와 해삼을 캔다. 우도엔 놀고먹는 여자가 없다.

셋째, 우도엔 사랑이 있다. 우도에 가면 사랑이 생긴다. 하고 수동백사장을 거닐다 자기도 모르게 '사랑'이라는 두 글자를 모래밭에 써놓고 수평선을 바라본다. 해질 무렵 일출봉을 배경으로 사진을 찍고 싶어 하는 두 젊은이에게 셔터를 눌러주는 것만으로도 사랑의 행복을 느낀다. 사랑이 무엇인가를 느낄 수 있는 곳이 우도다. 추억은 아름다운 곳에서 만들어야 오래오래 아름답게 남는다.

시인은 시가 있으면 그것으로 만족한다. 우도는 시가 있는 섬
이다.

2000년 여름

−『**그리운 섬 우도에 가면**』 서문

다시 『그리운 섬 우도에 가면』을 만나는 기쁨

일출봉 정상에서 시원한 바람을 마시며 왼쪽(동쪽)을 바라보면
소처럼 누워 있는 섬이 보인다. 그 섬이 우도다. 왠지 마음이 끌린다.
발을 그곳으로 옮긴다. 잘했다는 생각이 든다. 그렇게 마음먹지 않고
는 가지지 않는 섬이 우도다. 그렇게 하지 않으면 돌아와서 후회한
다. 그거 15분만 참았어도 우도에 가는 건데 하고 후회한다.

이왕에 성산포까지 왔으니 우도에 가보라. 이렇게 섬으로 유
혹하는 나도 이상하지만 일단 마음먹었던 섬에 와서 바라보이는 다
른 섬에 가고 싶은 것은 또 다른 유혹이다. 그 유혹에 끌려 나는 평생
섬으로 돌아다니고 말았다. 조금도 후회하지 않는다.

성산포에 오면 우도, 한림에 오면 비양도, 모슬포에 오면 가파도, 가파도에 오면 마라도 이렇게 이어진 것이 나의 섬 편력이다. 더 큰 섬이 아니라 더 작은 섬, 여기서 사람의 마음은 묘하게 달라진다.

더 작은 데서 살고 싶은 마음이 나에게 시를 찾아줬다. 그래서 나는 '더 작은 섬, 작은 섬……' 하며 찾아다닌다. 그것도 성수기가 아니라 비수기에 혼자 우도에 들어가 보면 알게 된다. 그런 소중한 마음으로 만든 시집 『그리운 섬 우도에 가면』을 '도서출판 우리글'에서 다시 펴내게 되어 반갑고 기쁘다.

2010년 1월

―개정판 『그리운 섬 우도에 가면』 서문

혼자 사는 어머니

시집 『혼자 사는 어머니』
2001년 5월 10일, 책이있는마을
_시 89편이 수록된 스물네 번째 시집, 상화 시인상 수상작

어머니가 읽은 아들의 시

가족 중에서 나의 시를 가장 많이 읽어준 사람은 일흔이 넘으신 어머니였다. 그 이유는 내가 쓴 시가 쉽기 때문이라 했다. 그분은 시를 읽을 만큼 교육을 받은 분도 아니요, 시를 좋아하는 분도 아니었다. 오직 한글 하나만으로 당신의 생활문화에 적응해가며 살다 간 분이다.

그분이 어느 날 아들의 시를 읽고 "네 시는 왜 그렇게 슬프냐." 하셨다. 나는 놀랐다. 당신의 정확한 이해력에 놀랐다. 나의 대답은

"세상이 슬퍼서 그래요." 하는 것이었지만, 정작 아무 말도 하지 않았다. 그 슬픔의 원인이 시대적, 정치적, 경제적, 혹은 나 개인적인 것이라 하더라도 그 책임을 어머니가 지실 것 같아서 그랬다. 자식이 있는 한 어머니는 자식의 아픔을 당신의 아픔으로 삼는다.

나는 지금도 시를 쉽게 쓴다. 한글밖에 못 읽는 어머니의 수준으로 쓴다. 어머니가 돌아가신 후 좀 어렵게 쓰인 것도 있지만 그것은 어머니를 잊고 쓴 것 같아 어머니에게 미안했다.

그 후 나는 나의 시를 읽는 사람은 누구나 나의 어머니처럼 나를 이해하려는 사람이라는 생각이 들었다.

이 시집엔 여서도, 청산도, 대모도, 소모도로 돌며 쓴 시를 담았다. 섬의 생리와 그곳 사람들의 호흡을 꾸밈없이 담았다. 그들의 정을 상하지 않게 담은 것은 나 하나만의 정이 아니라 읽는 사람의 정도 그들을 향한 정이 되어줬으면 해서 그랬다.

2001년 4월
－『혼자 사는 어머니』 서문

섬에서 혼자 사는 어머니는 외로워도 외롭다는 말을 하지 않습니다. 오늘도 아무 소리 없이 남편의 무덤 앞을 지나 동백나무 숲길을 걸어서 마늘밭으로 왔습니다. 마늘밭을 매고 돌아오는 길에 쑥을 뜯어 떡을 만들어놓고 자식들 생각에 잠겨 있습니다.

여서도, 청산도, 대모도, 소모도에서 혼자 사는 어머니들은 외롭다는 말을 하지 않습니다.

대모도의 민박집 할머니는 집을 나가서 돌아오지 않는 며느리를 7년째 기다리고 있었습니다. 지금도 뱃고동 소리가 나면 창문을 열어 선착장 쪽을 내다보곤 합니다. 아들도 아내 찾아 육지로 나가서 돌아오지 않습니다. 어머니는 보리농사를 지어 놓고 보리가 다 익어도 거두어들일 사람이 없다며 걱정하고 있었습니다.

소모도 104세의 할머니는 70이 넘은 며느리와 단둘이 살고 있습니다만 이젠 뱃고동 소리도 들리지 않아, 그저 멍하니 창밖을 내다보고 있을 뿐입니다.

이 시집을 외롭게 사시는 어머니에게 바칩니다.

2001년 4월

－『혼자 사는 어머니』 후기

제주, 그리고 오름

시화집 『제주, 그리고 오름』
2002년 4월 20일, 책이있는마을
_임현자 그림, 두 번째 시화집

제주에는 세계에서도 드물게 많은 오름(360여 개)이 있다.

한라산을 중심으로 성산 일출봉까지 불쑥불쑥 튀어나온 것이 모두 기생화산인 오름이다.

특히 북제주군 구좌읍 송당리와 세화리 일대에 자리 잡은 다랑쉬오름·용눈이오름·아끈다랑쉬오름·손지오름·높은오름 등은 한결같이 신비하고 아름답다.

이 신비와 아름다움에 끌려 사진작가, 화가, 시인들이 이곳으로 모여든다. 내가 사진작가 김영갑과 화가 임현자를 만난 것도 이 오름의 매력에서 비롯되었다. 그러나 나는 어딘지 모르게 오름에서 풍기는 서러움을 숨기지 못하고 그림에 고드름을 달듯 차가운 슬픔을 시로 달았다.

　김영갑과 함께 만든 『숲 속의 사랑』(1997)에 이어, 이번엔 화가 임현자와 시화집 『제주, 그리고 오름』을 내게 되어 기쁘다.

2002년 4월

이생진

―『제주, 그리고 오름』 서문

스물여섯 번째 시집

그 사람 내게로 오네

시집 『그 사람 내게로 오네』
2003년 6월 13일, 우리글
_부제 '시로 읽는 황진이', 시 84편이 수록된 스물여섯 번째 시집

고독이 얼마나 많은 시를 불러오는지, 외딴섬을 혼자 걸어본 사람이면 알 거다.

나는 섬에 발붙이며 고독을 알았고 고독을 알면서 시를 시작했다. 그러나 그것이 시로 해결되는 것은 아니었다. 시에는 시가 그리워하는 대상이 있다. 고독 속에 한 여인이 있기를 바라는 것은 시 쓰는 사람만이 아니다. 나는 그런 여인과 사랑을 속삭이듯 『그 사람 내게로 오네』를 썼다. 그러나 황진이를 소문 그대로의 삼절三絶로 내세우지 않았다. 나의 기억에는 황진이의 재색도 없고 거문고 소리도 없다.

다만 그녀가 남겨놓은 몇 편의 시가 그녀의 가슴을 파고들게 했다. 이 시를 다 쓰고서야 그녀의 거문고 소리를 들을 수 있었고 서화담의 올곧은 가난과 시대의 험난을 알게 되었다.

그리고 왠지 진이가 슬퍼 보였다.

2003년 6월
－『그 사람 내게로 오네』 서문

김삿갓, 시인아 바람아

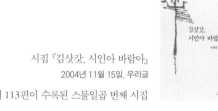

시집 『김삿갓, 시인아 바람아』
2004년 11월 15일, 우리글
_시 113편이 수록된 스물일곱 번째 시집

마음속에서는 늘 떠나라 떠나라 한다. 떠나면 보일 거라고. 내가 보이고 세상이 보이고 그 사람이 보일 거라고. 이것은 시를 쓰며 내가 나를 보는 방법이다. 나는 시를 쓰며 누군가를 뒤쫓고 있었다. 그런 사람이 난고 김병연이다. 시인이라면 무조건 김삿갓 같은 사람이었으면 한 적이 있다.

나는 오랫동안 찾아다니던 섬을 접어두고 김삿갓을 찾아 뭍으로 헤맸다. 그러기 위해 제일 먼저 영월 어둔이골로 들어갔다. 그곳은 김삿갓이 집을 나가기 전에 가족들과 살았던 곳이다. 그곳 현씨 집에서 산나물을 먹으며 마대산 닷냥재를 오르내렸다. 김삿갓에 대한 그리움 때문이었다.

어둔이골 현씨 집 앞에 200년쯤 된 대추나무와 계곡 옆에 250년쯤 되었을 밤나무는 그가 스치고 간 그림자들이다.

그런 그림자 때문에 나의 방랑은 그의 무덤이 있는 영월 와석리에서 시작해서 태백산, 정선, 동강, 금강산, 무등산, 지리산, 하동, 광양, 순천, 보성 그리고 화순 동복, 그가 숨겨 누웠던 초분지初墳地까지 찾아다녔다.

생각하면 시대에 처지는 일을 한 것 같지만 시 쓰는 사람의 입장에서는 김삿갓이 결코 그런 위치에 머물러 있지 않다는 것을 확인한 셈이다.

다 털어버리고 다시 시작하자. 시는 떠돌며 써야 제 맛이 난다.

2004년 가을
—『김삿갓, 시인아 바람아』 서문

저 별도 이 섬에 올 거다

시선집 『저 별도 이 섬에 올 거다』
2004년 4월 2일, 우리글
_시 101편이 수록된 두 번째 시선집

서시

나를 낳느라
진통을 겪으신
어머니

우이도
여서도
만재도
처럼

거기 계시다

어머니를 만지듯
고독을 만지는 나의 손
섬이 있어 나는 행복하다

―『저 별도 이 섬에 올 거다』 서문

*『그리운 바다 성산포』에서 22편, 『섬마다 그리움이』에서 21편, 『하늘에 있는 섬』
에서 14편, 『거문도』에서 17편, 『외로운 사람이 등대를 찾는다』에서 13편, 『그리
운 섬 우도에 가면』에서 14편을 골라 엮었다.

인사동

시집 『인사동』
2006년 1월 1일, 우리글
_시 65편이 수록된 스물여덟 번째 시집

　젊어서는 섬이더니, 왜 늙어서 인사동인가? 이렇게 물으면 할 말이 없다. 시인은 섬과 같아서 겉으로는 사람을 멀리하지만 속으로는 늘 사람을 그리워한다. 그런 나를 기아棄兒라 해도 좋고 그리움에 지친 기골肌骨이라 해도 좋다.

　인사동에 상혼商魂만 북적거리라는 법은 없다. 시혼詩魂도 끼어들어 시성詩聲을 높여야 한다.

　나는 70이 넘어서 박희진 시인과 인사동에 시 읽는 공간을 마련했다. 그리고 매월 엽서를 띄워 시에 관심이 있는 사람들을 모아놓고 아트사이드에서 시인학교로, 시인학교에서 보리수로 옮겨 다니며 장돌뱅이처럼 시를 읽었다. 읽고 나면 허전해서 다시 섬으로 떠났다.

그렇게 도시와 섬을 오가며 변해가는 세상 모습을 담은 것이 『인사동』이다. 2000년 겨울부터 2005년 겨울까지 쓴 것인데 그동안 변한 것도 많고 사라진 것도 많다.

밤늦도록 보리수와 풍류사랑에 모여 앉아 시와 그림과 음악을 이야기하던 분들께 고맙다는 말을 이 시집으로 대신하고 싶다.

2005년 겨울
―『인사동』 서문

1

나의 시작詩作은 기록성이 짙다. 섬도 섬 자체의 고독보다 사람의 목소리가 우선이다. 그러기에 걸을 수 있는 한, 섬으로 섬으로 떠나는 것이다. 인사동 보리수에서 시 읽는 것은 한 달에 한 시간, 그것도 내게 배당된 시간은 담론과 합쳐서 20~30분에 불과하다. 그걸 제하면 사람을 만나는 일과 세상을 맞아들이는 일에 바쁘다.

보리수 식구들의 다정함은 물론, 비 오는 날 우산을 접으며 들어오는 시인들, 화가들, 옛 동료들, 새로운 독자들, 한겨울 밤 눈을 털며 들어오는 인터넷 팬들, 그들은 오래 사귄 연인 같다. 그래서 최근엔 섬에 갔다 얼른 돌아오고, 얼른 돌아와서 인사동으로 향한다.

충무로역에서 3호선으로 갈아타고 안국역에서 내려 6번 출구로 나오면 인사동이다. 아트사이드·쌈지길·학고재·인사아트센터·경인미술관·인사갤러리 모두 내게 새로운 변화를 재촉하는 마당들이다. 잠시도 외면할 수 없는 도시의 물결 소리.

청계천 물도 바다에 가봐야 청계천인 줄 안다
결코
종로에서 뺨 맞고 한강에서 눈 흘기자는 게 아니다
그보다 넉넉하게
너와 내가 넉넉하게 있자는 거
강촌에 가지 않아도 도시 한복판에 강촌이 있다는 거
그리고 벤치에 앉아 시를 읽는 서울의 모습은
누가 만들 것인가

—「나는 바다로 간다」에서

2
나는 가끔 이상의 「거울」을 들여다보듯 고흐의 〈해바라기〉를 들여다본다. 그리고 혼자서 고흐를 위한 퍼포먼스를 한다. 나에게는 그의 열정을 닮은 노란 목도리가 있다.

나는 지금 고흐를 할래요

165

고흐는 순간순간 하고 싶은 것이 많았어요
사이프러스를 보면 사이프러스를 그리고 싶고
까마귀를 보면 까마귀를 그리고 싶고
밀밭을 보면 밀밭을 그리고 싶고
술을 보면 술을 마시고 싶고
여자를 보면 여자를 안고 싶고
순간순간 하고 싶은 것이 많았어요

나는 지금 고흐를 할래요
아를에 있는 노란 집에 가서
노란 목도리를 하고
노란 해바라기를 그리며
술을 마실래요
그러다가 밤이 되면 노랗게 취한
별이 되고 싶어요

나는 지금 고흐를 하고 있어요
별이 빛나는 밤
돈 맥클린의 빈센트를 들으며
고흐를 하고 있어요

— 「고흐를 위한 퍼포먼스」

3

미치는 일, 사랑하는 일 그리고 죽어버리는 일. 그래서 나는 인사동을 찾을 때마다 고흐의 열정 같은 것이 없나 하고 화랑을 누빈다. 내게 모자라는 것, 그것을 나는 섬과 인사동에서 찾으려고 애를 쓴다.

그리고 무엇보다도 절실한 것은 고흐처럼 시에 미치는 일이다.

2005년 겨울

—『인사동』 후기

독도로 가는 길

시집 『독도로 가는 길』
2007년 7월 25일, 우리글
_시 88편이 수록된 스물아홉 번째 시집

울릉도가 좋다. 울릉도에는 숨을 곳이 많다. 천부로 넘어가다가 와달리 산골에 숨어도 좋고, 통구미 뒷산 어느 빈집에 숨어 있다가 서울이 그리우면 도동으로 나와도 좋다. 그리하여 아무 데나 앉아 수평선을 바라보면 서울이 성큼 다가올 것 같다. 수평선은 그런 매력으로 나와 동행한다.

모험을 하듯 울릉도에 첫발을 디딘 것은 1964년 여름, 43년 전 일이다. 밤새 파도 위를 드럼통처럼 뒹굴어 왔다. 그때 걸어서 섬 한 바퀴(도동에서 천부를 지나 태하로) 돌다가 태하에서 길이 끊기고 나니 먼 섬 독도가 그리워졌다.

그러나 독도는 더 먼 데 있는 섬. 지금은 부정기적으로 여객선이 있어 가기는 가는데 접안이 어렵다. 울릉도에 여러 번 왔다가 독도로 연결되지 않아 그때마다 허탕 쳤다. 그러다가 기회가 온 것이다. 1990년 여름 구축함을 타고 가는 기회. 그것이 아니었으면 지금까지도 독도에 발을 들여놓지 못했을 것이다. 마음 같아서는 동도와 서도를 오가며 고독에 빠지고 싶었으나 그런 일은 엄두를 내지 못하고 그날로 돌아왔다.

구축함에서 줄사다리로 고무보트에 옮겨 타기 전, 나는 시계와 화첩을 모선에 놓고 독도로 들어갔다. 바람과 파도에서 오는 위기감 때문에 그랬다. 시계는 유물 역할을 하라 한 것이고 화첩은 짐스러워서 그랬다. 그때 독도에 올라가 즉흥적으로 13편의 시를 썼다. 그 후 여러 번 독도를 찾아갔으나 파도가 높아서 독도에 올라가지 못하고 돌아왔다. 이번(2007년 5월 23일)에도 그런 아쉬움을 남기고 돌아왔다.

이처럼 끊임없이 독도를 그리는 것은 나의 시작詩作에서 독도가 차지하는 비중이 크기 때문이다. 그런 어려움을 딛고 태어난 『독도로 가는 길』이 한없이 반갑다.

2007년 여름
−『**독도로 가는 길**』 서문

1

마지막 열세 편의 시는 그동안 『섬마다 그리움이』(1992)에 끼어 있었다. 이번에 자리를 옮겨놨더니 마음이 편해진다. 독도에 대한 정리는 일단락되었지만 앞으로도 울릉도에 머물며 독도로 갈 기회를 얻어야겠다. 젊은 시인들의 열기와 함께 그날이 오기를 기다린다.

독도는 우리나라 섬 가운데 가장 동쪽에 있는 첫 번째 섬이다. 이 섬에서 해를 맞아야 우리나라 전체가 밝아지는 것이다.

2

다음 글은 43년 전 울릉도에서 쓴 글이다. 짧은 글이지만 나에게는 깊게 다가온다.

더위를 피해 와달리 근처 천연굴에서 낮잠을 자고 있는데 머리맡에서 달그락달그락 빈 그릇 긁는 소리가 나기에 눈을 떠보니 쥐가 내 점심을 다 먹어버렸다. 나는 그 즉시 내 코를 만져봤다. 코가 멀쩡하기에 속으로 웃었다.

3

평생 섬을 찾아다니며 시를 쓸 수 있었던 것을 고맙게 여긴다. 내가 생기기 시작할 때 이미 나는 어머니 뱃속에서 떠다니는 섬이었다. 그러므로 물속에서 살다 밖으로 나와 물을 찾아가는 것은 당연하다. 이제 다시 어머니 뱃속으로 돌아가는 기분, 잠시도 어머니 곁을 떠나지 않고 산 것이 기쁘다.

어머니는 나의 바다였다.

2007년 여름

—『독도로 가는 길』후기

반 고흐, '너도 미쳐라'

시집 『반 고흐, '너도 미쳐라'』
2008년 6월 1일, 우리글
_시 67편이 수록된 서른 번째 시집

'너도 미쳐라'

이건 내가 나에게 하는 소리다. 나는 80을 살면서 아직 나의 삶에 회의적이다.

그 누군가의 삶에 흠뻑 젖고 싶다. 아주 진한 삶 말이다. 그래서 택한 사람이 반 고흐다.

빈센트 반 고흐,

그는 오늘도 밀밭에서 그림을 그리고 있을 거다. 만나서 '감자 먹는 사람들'과 함께 감자를 먹고 싶다.

그의 그림은 거만하지 않아서 좋다. 그의 그림엔 사치가 없다. 그는 울고 싶을 때 울고 떠나고 싶을 때 떠난다. 그는 책을 읽으며 그림을 그렸고, 편지를 쓰며 그림을 그렸고, 술을 마시며 그림을 그렸다. 무엇보다도 걸어 다니며 그림을 그린 고독한 화가다.

예술은, 미술이고 음악이고 문학이고 거저 얻어지는 것이 아니다. '너도 미쳐라' 이 말이 듣고 싶어 고흐에게로 간다.

2008년 5월
—『반 고흐, '너도 미쳐라'』서문

1

1963년에 펴낸 『나는 나의 길로 가련다』(희문출판사)에서 고흐에 관한 이야기를 단편적으로 다룬 적이 있다. 그리고 고흐처럼 그림에 미치고 싶어서 제일 먼저 그려본 그림이 얼굴을 싸맨 고흐의 초상화다. 그때부터 고흐는 나를 격려하기도 하고 무거운 짐으로 누르기도 했는데 이 시집을 내고는 그런 부담이 사라졌다. 그뿐 아니라 고흐에게 빚을 갚은 것 같아서 속이 후련하다.

이제 한가한 마음으로 고흐가 좋아하는 압생트를 마시고 싶다. 나는 이 시집을 만드는 동안 68도짜리 압생트를 앞에 놓고 있었다. 고흐가 와주기를 기다리는 마음에서, 마치 그가 고갱을 기다리듯.

2

분수없는 말인지 모르지만 고흐를 대신해서 사과하고 싶은 것이 있다. 고흐의 부모는 물론 고갱에게 사과하고 싶다. 귀를 잘라 라셸에게 준 일, 멀리서 찾아온 시냐크 앞에서 테레빈유를 마시려고 한 일, 무엇보다도 테오와 그 가족을 못살게 군 점, 특히 테오의 아내 요한나 봉게르(1862~1925)에게 사과하고 싶다. 아마 고흐가 마음 아파하는 것도 이 점일 것이다.

3

나는 교회를 신중히 다뤘다. 고흐의 〈오베르 교회〉와 밀레의 〈그레빌 교회〉 그리고 〈만종〉을 앞에 놓고 한참 생각했다. 무엇인가 나올 것 같았다. 이 무렵 고흐의 머리에는 여러 가지 생각이 떠올랐는데 그 생각이 오베르 교회에 모여든 것이다. 종교에 대한 생각, 예술에 대한 생각 그리고 가족에 대한 생각이 한꺼번에 떠올랐다. 시 쓰는 사람은 보고 느끼고 쓰는 것이 순서다. 그런 점에서 나는 〈오베르 교회〉에서도 그렇고 〈까마귀 나는 밀밭〉에서도 그런 과정이 예사롭게 여겨지지 않았다. 고흐의 〈오베르 교회〉와 밀레의 〈그레빌 교회〉 이 두 작품에서 느끼는 것은 고흐의 잠재의식이다. 고흐는 늘 아버지와 밀레를 생각한 화가다.

밀레의 〈그레빌 교회〉 왼쪽 경사진 길을 한 남자가 내려오고,

고흐의 〈오베르 교회〉에서는 왼쪽 언덕길을 한 여자가 올라오고 있다. 거기에 〈뉘넨 교회〉는 왜 생각했나? 뉘넨 교회는 아버지가 목사로 있었던 마지막 교회다. 아버지는 1885년 3월 26일 뇌졸중으로 사망했다. 이 그림은 그보다 일 년 전에 그린 그림이지만 늘 이 교회와 가족들 생각이 머리에서 떠나지 않았다. 그때 고흐는 아버지뿐 아니라 테오와도 사이가 좋지 않았고 어머니의 건강도 좋지 않았다. 그리고 자기 걱정도 심각하지만 동생 테오와 그 가족의 앞날이 더 불안했다.

오베르의 교회를 그리며 모든 고민은 교회의 종탑 끝으로 모이고 외로움은 한 여인에게로 집중된 것이다. 언덕길을 올라가는 한 여인, 그 여인이 테오의 아내 요한나로 보인다. 고흐의 〈오베르 교회〉도 밀레의 〈그레빌 교회〉처럼 죽음이 임박했을 때 그린 그림이다. 고흐가 〈오베르 교회〉를 그릴 무렵 동생 테오에게서 온 편지(1890년 6월 30일)에 이런 내용이 담겨 있다.

월급은 줄고 생활비는 늘고 아기는 앓고 형에게 돈을 보내기 힘들다는 내용, 이때 테오는 어머니에게도 돈을 보내고 있었다. 그러니 아무리 착한 제수 요한나라 해도 불만이 없을 리 없다. 불만 정도가 아니다. 헤어나기 힘든 처지에 이른 것이다. 동생은 형의 마음이 상할까 봐 요리조리 돌려서 편지를 썼지만 고흐는 금방 그 괴로움을 알아챌 수 있었다. 〈오베르 교회〉는 〈까마귀 나는 밀밭〉으로 이어진 괴로움의 흔적이다.

4

나는 〈피아노 치는 마르그리트〉를 앞에 놓고 바그너의 〈탄호이저 서곡〉(리스트의 피아노 편곡)을 쿠바 출신 피아니스트 볼레트가 연주하는 것을 들으며 이 시집을 끝냈다.

마르그리트는 21세 고흐는 37세 죽기 한 달 전, 그들은 이렇게 헤어졌다. 가셰 박사의 딸 마르그리트는 피아노를 치고 고흐는 피아노 소리를 들으며 마르그리트를 그렸다. 고흐의 영혼에 아름다운 피아노 소리가 끊이지 않기를 빈다.

2008년 5월
—『반 고흐, '너도 미쳐라'』 후기

서귀포 칠십리길

시집 『서귀포 칠십리길』
2009년 4월 3일, 우리글
_시 82편이 수록된 서른한 번째 시집

아침 일찍 찾아간 천지연폭포는 혼자다. 쉴 새 없이 뛰어내리는 물줄기 따라 바닷가를 걸어가는 발걸음이 가볍다. 야자수의 이국풍 가로수 길을 지나 남성리 로터리에 이르러 잠깐 한라산을 본다. 이 거룩한 몸체가 서귀포를 감싸고 있어 서귀포는 언제나 윤택하다.

삼매봉에 올라 섶섬, 문섬, 범섬을 내려다보는데 갑자기 외로워진다. 삶이 그저 즐겁기만 한 것은 아니라는 것을 떠올린 것일까. 삼매봉에서 나무 계단을 밟고 털머위 사잇길로 내려와 외돌개 앞에 서면 외돌개도 말이 없고 나도 말이 없다. 이런 말없음이 시를 낳게 한다.

1999년 봄과 2000년 봄에는 제주를 걸어서 일주하며 시를 썼고, 2009년 겨울에는 서귀포 칠십리를 중심으로 시를 썼다. 쓰고 또 써도 남는 시, 그것 때문에 제주는 행복한 기억으로 남는다.

2009년 초봄에
—『서귀포 칠십리길』 서문

1

여행을 마치고 짐을 챙긴다. 노트북, 스케치북, 핸드폰 그리고 몇 권의 시집, 예쁜 사진기를 배낭에 넣고 걷는다. 썬비치호텔을 지나 경남호텔 앞까지. 거기 공항까지 가는 버스가 온다. 그걸 타면 한 시간 후에 제주공항이다. 택시의 힘을 빌리지 않아도 된다. 바다를 보며 초록색 숲을 보며 그 사이에도 새 우는 소리를 들으며 한라산을 바라보며 걷는다.

정류장까지는 언덕길이다. 그래서 바다가 더 잘 보인다. 섶섬도 보이고 문섬도 보이고 삼매봉도 보인다. 무엇보다도 한라산이 믿음직스럽다.

서귀포에 오면 보느라 바쁘다. 이처럼 보는 정신이 모두 시를 쓰는 데 필요한 정신이다. 보노라면 시에 미치게 된다.

2

그동안 그리지 못했던 그림을 미친 듯이 그렸다. 스케치북 네 권이 무겁다. 지난해 12월에도 그렇게 지냈고 올 1, 2월에도 그렇게 지냈으며 4월까지는 그렇게 지내고 싶다. 그때가 되면 들뜬 마음이 가라앉을 것 같다. 어차피 세월이 가는 속도야 집에서나 객지에서나 같은 것이지만 그래도 객지에서는 그 내용이 달라진다.

3

나는 한 장소에서 한 권의 시집을 얻는 수가 여러 번 있었다. 그런데 서귀포에서만큼 편안하게 시를 쓴 적은 없다. 정말 행복한 마음으로 시를 쓸 수 있어 서귀포가 고맙다.

2009년 초봄에
―『서귀포 칠십리길』후기

우이도로 가야지

시집 『우이도로 가야지』
2010년 5월 25일, 우리글
_시 99편이 수록된 서른두 번째 시집

무거운 짐을 내려놓고 맨발로 걷고 싶은 곳, 그리고 시만 생각하고 생각한 시를 소리 내어 읽으며 한없이 걸어가고 싶은 곳, 그런 곳이 우이도에 있다. 돈목과 성촌의 모래밭, 내 생의 종점에 이르러 이런 시공時空을 얻었다는 것은 정말 행복한 일이다.

봄가을에 오면
빈 바다가 나를 반긴다
나는 그 바다가 좋아 시를 쓴다
넓은 바다를 혼자 차지하는 기쁨
그 기쁨을 시에서 오는 기쁨으로 여기며 살았다

우이도는 1988년 7월 25일부터 지금까지 그런 인연으로 이
어진다.

우이도에서

−『**우이도로 가야지**』서문

1

무엇에 부딪쳐야 한다. 그래야 문제가 생기고 그 문제에서 글
이 나온다. '표류기' 같은 것 말이다.

돈목에서 산을 넘어 동으로 가면 진리라는 아늑한 마을에 닿
는다. 그 마을 문씨네 가게에서 라면을 끓여 먹고 주인과 이야기를
나누다 일어났다. 문순득 씨의 『표해시말漂海始末』에 관한 이야기를
들은 뒤였다. 그리고 나는 숱한 표류기에 관심이 생겼다. 문순득의
『표해시말』, 최부의 『표해록』과 장한철의 『표해록』은 나에게 그 누구
의 표류기보다 소중했다. 나는 나의 시집 『먼 섬에 가고 싶다』(1995)
말미에 '하멜의 표류기'를 쓴 적이 있다. 그보다 문순득, 장한철, 최
부의 표류기는 내가 내 발로 밟고 다닌 섬에서 표류 당한 사람들이
쓴 것이기에 더 생생해지는 것 같다.

그 표류기를 시집 한 권으로 묶고 싶지만 우선 간결하게 담았다.

기록은 존재를 있게 하는 소중한 증거다.

2

어느 모임에서 시를 읽다가 내 손이 떨리는 것이 새어나갔다. 어느 독자는 그것이 파킨슨병 아니냐고 걱정을 하고, 어느 독자는 저 손이 글쓰기를 놓치기 전에 사인을 받아야 한다며 메모지를 가지고 왔다. 그때에도 나의 손은 약간 떨었다. 그러나 나는 늙어서 오는 가벼운 수전증 정도로 여기고 있을 뿐이다.

3

죽음의 꼬리표가 수전증에서 파킨슨병으로 비약하는 것은 흥미로운 일이다. 거기에 관련된 사람들이 하나둘 떠오른다.

캐서린 헵번(1907~2003)
로널드 레이건(1911~2004)
요한 바오로 2세(1920~2005)
무하마드 알리(1942~)

이 중에 가장 멋있는 사람이 무하마드 알리다.
'나비처럼 날아서 벌처럼 쏜다'는 그 주먹, 그것은 주먹이 아니라시다.

또 하나의 공통점은 헵번도 레이건도 요한 바오로 2세도 배우였다는 사실.

알리는 배우는 아니지만 배우 이상의 배우다. 인종차별에 반항하여 금메달을 물에 던진 것과 징집영장을 받았을 때 '베트콩과 싸우느니, 흑인을 억압하는 세상과 싸우겠다'며 감옥으로 간 점.

4

아내는 말하길 파킨슨병은 고약한 병이니 그것을 택하지 말라고 했다. 누구나 죽음에는 무슨 병이고 따라붙는 법인데 어느 병도 택할 만한 것이 못 된다. 할 수 없이 짊어지고 가는 것이지. 그러나 나는 이미 택(?)한 후라 취소할 수 없다.

그래도 파킨슨병은 멋있는 병이다. 나는 영화배우 캐서린 헵번을 만나면 〈러브 어페어〉의 피아노 솔로를 들려 달라고 조를 거다. 시는 조르는 데서 나오는 수가 있다. 그럼 계속해서 시를 쓰겠다는 이야기인가. 그러고 싶다.

―『우이도로 가야지』 후기

시와 그림으로 만나는 제주

시화집 『시와 그림으로 만나는 제주』
2010년 8월 30일, 우리글
_임현자 그림, 세 번째 시화집

개정판 시화집 『오름에서 만난 제주』
2016년 1월 25일, 우리글
_임현자 그림, 세 번째 시화집 개정판

임 화백님

『제주, 그리고 오름』(2002)을 펴낸 지 8년이 지났네요. 나는 그때부터 아끈다랑쉬오름에서 시 낭송을 했고 화백님은 붓으로 그리던 오름을 손으로 만지며 뛰어가는 노루를 봤지요. 사진가 김영갑이 지금 우리 곁에 있으면 얼마나 좋아할까요. 여기 없어서 섭섭하네요.

역시 제주와의 인연은 김영갑처럼 사진으로 만나든가, 화백님처럼 붓으로 만나든가 하는 것이 행운 중에 행운이죠. 그 행운에 보답하기 위해 발이 닳도록 억새밭 혹은 검은 돌밭을 지칠 줄 모르고 헤매는 것 아닙니까. 나도 그런 인연으로 아름다운 그림에 시를 담을 수 있어 기쁩니다.

2010년 8월

이생진

—초판 『시와 그림으로 만나는 제주』 서문

실미도, 꿩 우는 소리

시집 『실미도, 꿩 우는 소리』
2011년 5월 12일, 우리글
_시 89편이 수록된 서른세 번째 시집

1

실미도만큼 나를 아프게 한 섬은 없다. 그 아픔을 모르고 지냈어야 하는데 하며 냉가슴을 앓는다. 실미도는 바위 그대로, 진달래꽃 그대로, 굴 껍데기 그대로, 징검다리 그대로 놔둬야 하는데 하며 해마다 그 아픔을 달래기 위해 술 한 병 들고 가, 실미도에 한 잔 붓고 내 가슴에 한 잔 붓는다. 그리고 바윗돌에 다닥다닥 붙은 당찬 생명력(석화)에도 한 잔 붓고 밀물이 밀려오기 전에 다시 무의도로 건너온다.

2

처음으로 내 고향 서산에 관한 시를 여기에 담았다. 서산시 읍

내동에서 태어나 서른한 살 때까지 읍내동과 동문동 일대에서 살았다.

울음산(명륜산)에서는 철없이 전쟁놀이를 즐겼고 개울가 심씨네 집 감나무 밑에서 붕어를 잡다가 옥녀봉에 올라가 목이 터져라 소리쳤다. 그 소리가 굵어져서 지금 시를 읽는 힘이 되어 고맙다.

초등학교 시절부터 양대리, 간월도, 만리포, 안면도에서 바다와 사귀었다. 내가 젊었을 때에는 태안, 소원, 이원, 안면도, 대호지 모두 서산군에 속했었다.

3

요즘은 실미도와 무의도를 자주 찾는다. 무의도를 지나 소무의도 너머 팔미도가 보이는 바닷가. 그 바닷가에 한참 서 있다가 대무의도로 건너와 호룡곡산을 넘어 다시 국사봉 정상에 오르면 시원한 바다와 섬, 사렴도가 보이고 개구리 모양의 매도랑이 보인다.

바다와 섬에 취해 멍하니 서 있으면 내가 바위 되는 줄도 모르는 사이에 해가 진다. 일몰이다. 기막힌 일몰이다. 할 말을 잃는다.

그러나 이런 황홀경에 빠질 때 난데없는 기계 소리, 기계 소리가 불안하다. 시 쓰는 사람은 자연의 아픔을 시의 아픔으로 여기기 때문이다. 도시 가까이 있는 섬들이 제자리를 지키지 못해 우울하다.

2011년 4월
—『실미도, 꿩 우는 소리』 서문

살아서 시를 쓰고 그 시를 모아 살아 있을 때 시집으로 묶어 내다는 것은 시 쓰는 사람으로서 가장 행복한 일이 아닐 수 없다. 정말이지 나이 먹을수록 세상이 고맙고 시가 고마워진다. 비록 실생활에서는 고달프고 짜증스러운 일이 있었다 하더라도 그것이 시로 살아남을 때 산 보람을 느낀다.

죽음으로 가는 행보가 빨라짐에 따라 섬으로 가는 행보도 빨라졌지만 아무짝에도 서둘 필요가 없다. 서울에서 가까운 인천 앞바다나 고향에서 가까운 서해 연안 그리고 내 시의 고향인 제주도, 그런 곳에서 서성대다 갈 것이다.

시집은 나에게 바다가 보이는 창문 같아서 자꾸 여닫게 된다. 누가 내 시집을 읽고 그 자리에 버린다 해도 시는 시집詩集에 들렀다 가는 것이 도리이다.

그동안 홈페이지 혹은 블로그에 올렸던 것을 조금 손질해 올린 것이 더러 있다. 시집에 올라 있는 것을 기준으로 하고 싶다.

—『실미도, 꿩 우는 소리』 후기

시가 가고 그림이 오다

시화집 『시가 가고 그림이 오다』
2012년 1월 15일, 류가헌
_박정민 그림, 네 번째 시화집

시인과 화가와의 이메일

메일이 오고 메일이 가서 지워지고 하는 것이
바닷가에 밀려왔다 밀려가는 바닷물 같아서 좋은데
섬에 갔으니 그림 속에 섬 이야기나 담아 보내주면
나도 그 그림에서 시를 낚을 수 있으니까 좋은데
그래서 매일 메일 하는 거죠.

여행이란 심심하기 위해 하는 거
여행이란 아무리 잘해도 적자라는 거

그걸 따지지 않는 사람일수록 여행은 흑자다

혼자 출발한 사람이

둘이 돌아왔을 경우 실패한 여행일까

성공한 여행일까

혼자 출발해서 혼자 돌아와야

다음 여행도 혼자 할 수 있다

혼자 하는 여행에 열매가 많다

—「여행 중 1」

—『시가 가고 그림이 오다』에서

기다림

시선집 『기다림』
2012년 1월 10일, 지식을만드는지식
_시 60편이 수록된 세 번째 시선집, 육필시집

나의 시를 연필로 다시 쓴다. 붓만 가지고 몇 백 년 써오던 글을 불과 70년 사이에 붓에서 연필로 연필에서 펜으로 펜에서 만년필로 만년필에서 볼펜으로, 그러다가 워드, 이제 컴퓨터 없이는 시를 쓰지 못한다. 그렇게 변해버린 세월인데 그 속에서 나의 시는 얼마나 변했을까 하는 호기심이 나를 자극한다. 지팡이를 짚고 옛집을 찾아가듯 연필로 더듬더듬 찾아가는 나의 시혼詩魂, 얼마나 외로운 데서 혼자 살고 있을까. 빨리 만나고 싶다.

－『**기다림**』 서문

골뱅이@ 이야기

시집『골뱅이@ 이야기』
2012년 10월 9일, 우리글
_시 83편이 수록된 서른네 번째 시집

나의 시는 나의 이야기다. 지나간 이야기.

요즘은 방금 있었던 일도 곧잘 잊어먹는다. 살아 있는 동안 내 기억을 붙들어놓을 수 있는 일은 글 쓰는 일밖에 없다.

글을 배웠고 그 글로 나에 관한 이야기를 쓴다는 것이 얼마나 고마운지, 지금 생각하니 그 힘으로 내가 사는 것 같다. 3년 전, 혹은 4년 전에 써놓고 잊었던 시를 읽으면 내게 이런 일이 있었나 하고 반가워진다.

김한순 시인이 '문학의 즐거움'이라는 사이트를 운영하기 시작할 때부터 최근까지 잊고 지냈던 시들을 한자리에 모아 '골뱅이@ 이야기'라 했다.

내겐 골뱅이@가 물어다 준 이야기가 많다. 그로 인해 나는 이메일, 스마트폰의 S메모, 카카오톡까지 열어보게 되었다. 때때로 그런 것들이 졸음을 깨워주는 수가 있어 내 기억에 큰 도움이 된다.

2012년 초가을
—『골뱅이@ 이야기』 서문

1

시집 원고를 출판사에 보내고 나흘이 지났다.

〈후기〉는 섬으로 떠돌며 자유스럽게 쓰고 싶었다. 안 써도 그만이지만 시집을 '기다리는 마음만이라도……' 하며 쓴다.

시와 섬과의 관계, 시와 사람과의 관계, 사람과 사람과의 관계. 그리고 늙어가는 이야기, 죽어가는 이야기, 이런 것들이 주가 될 것 같다. 그런데 처음에 무겁게 등장한 김문회의 누드 이야기는 어디서 잊었는지 잊고 말았다. 잘한 짓이다.

2

섬에 와서 섬에 대한 욕심이 생겼다. 지도, 증도, 압해도, 팔금도, 안좌도, 대야도, 신도, 하의도, 도초도, 비금도 이렇게 돌아다니다, 결국 우이도로 왔다.

우이도는 24년 동안 찾아온 섬이라 반은 내 고향 같다. 여기 오니 돌아가고 싶지 않다.

24년 동안 찾아왔어도 알고 지내는 사람이라곤 민박집 주인 내외밖에 없다. 그것으로 족하다.

그간 죽은 사람도 있고 뭍으로 나간 사람도 있다. 마을 전체가 텅 빈 곳도 있다. 그러나 그 백사장, 그 게 구멍, 그 염소들은 여전히 파도 소리를 들으며 그곳에 있다. 나도 그들처럼 파도 소리가 좋다.

염소는 방목 상태라서 해마다 수십 마리씩 식구가 늘어나는 모양인데 일정한 주인이 없다. 자기 산에 들어오는 것만 잡으면 된다고 한다. 그러나 염소를 잡아, 자기 것으로 만들기가 여간 어렵지 않다.

민박집 안방에 걸린 가족사진에 들어 있는 어린이는 이 섬에서 초등학교를 나오고 목포로 가서 중고등학교 다음에 대학을 나와 취직했다. 그 사진을 걸 무렵부터 이 집에 다니기 시작했다.

민박집 뜰에 있는 나무도 그만큼(24년) 지났으면 많이 변했을 텐데 사는 바탕이 분재라 화분을 벗어나지 못한다.

빨간 채송화가 나를 알아보는 것 같다. 모래밭에서 만나는 통보리사초도 순비기나무꽃도 패랭이꽃도 다정하다. 그들을 보면 삶이 하나도 어렵지 않다. 우이도는 그런 정 때문에 일 년에 한두 번씩 찾아온다. 말년엔 여기가 좋다.

3

이번 섬 여행은 전에 만재도로 가다가 선상에서 만난 젊은 친구 손대기와의 동행이어서 든든하다. 그때 만재도에는 윤민순 씨가 구멍가게를 하며 혼자 살았는데 전화를 걸어보니 전화를 받지 않아, 이웃 민박집에 걸어 안부를 물었다. 그랬더니 재작년에 떠났다고 한다. 그는 나보다 대여섯 살 아래인데 먼저 갔다. 그는 홍어잡이 갔다 왼손이 잘려 수십 년 한 손으로 고생하다 갔다. 나는 만재도에 가면 그의 집에서 밥도 먹고 잠도 잤다.

그리고 내가 우이도에 와서 처음 민박했던 할머니도 세상을 떠났다. 나와 같은 나이인데. 그렇다면 여서도 김만옥 시인의 어머니는 어떻게 되었는지 궁금하다. 모두 나에게 시의 영감을 준 은인들인데.

내 시는 나 혼자 쓴 것이 아니다.

2012년 초가을
우이도에서
−『골뱅이@ 이야기』 후기

서른다섯 번째 시집

어머니의 숨비소리

시집『어머니의 숨비소리』
2014년 4월 19일, 우리글
_시 86편이 수록된 서른다섯 번째 시집

먼 데까지 왔다.

가거도 항리 섬등반도 언덕배기, 풀밭에 앉아 바다를 본다.

그 인연이 이 시집을 낳았다.

나는 시집이 나오면 어디서 읽을까 하는 생각을 했다.

「다랑쉬오름의 비가」는 다랑쉬오름에서 읽고, 「지슬」은 영화
〈지슬〉을 캐낸 큰넓궤(동굴)에서 읽고, 「이어도 사나」는 이어도에서
읽어야지 하는 생각. 그리고 「폐가廢家」는 폐가에서, 「폐교」는 폐교
에서 읽어야지 하는 설렘.

나는 시를 쓸 때보다 시를 읽을 때 더 가슴이 설렌다.

드디어 시집이 나왔다.

이 시집을 들고 제일 먼저 달려갈 곳은 제주도, 제주는 내 시의 고향이다.

제주가 내 시를 키워줬다. 고맙다.

나를 키워준 제주의 아픔을 나도 아파해야 한다.

그런 마음에서 어머니의 숨비소리가 듣고 싶다.

2014년 봄

−『**어머니의 숨비소리**』 서문

2013년 5월엔 제주도와 우도를 돌아다녔고, 6월엔 흑산도·가거도·만재도, 7월엔 오륙도, 8월엔 다대포 앞 나무섬, 9월엔 송이도, 10월엔 비금도와 도초도 그리고 우이도, 11월엔 옹도·고파도·위도, 12월엔 다시 제주도…….

눈 감으면 떠오르는 섬들의 이름으로 시를 썼다. 허나 시의 새싹으로 떠오르는 것은 가거도 항리 마을이다.

• 갯강활 : 미나리과에 딸린 여러해살이풀. 제주도, 거문도, 가거도 등 바닷가에서 자람.

폐허가 된 언덕 마을 집, 담 너머로 바다를 보고 있는 나는 쓸쓸한 귀뚜라미. 부서진 집에서도 귀뚜라미가 부서지지 않은 소리를 낸다.

행복하다. 폐허를 보고 좋아하는 것이 아니다. 이 폐허가 아름답게 꾸며질 가능성, 아니면 활기차게 자연으로 돌아갈 거라는 기대감에서다.

독실산의 기운을 받아 되살아날 것이다.

내 앞에 펼쳐진 갯강활*을 봐도 그렇고, 엉겅퀴를 봐도 그렇고, 인동초를 봐도 그렇다. 인동초 이파리에 매달린 달팽이는 생명의 씨앗 바로 그것이다.

여기서는 국홀도가 좋다.

사람들의 눈을 피해 굴에서 살겠다던 젊은 남녀의 속삭임이 아름답고, 그 굴에서 책장을 넘기던 어느 철학도의 은둔이 궁금하다. 그들은 지금 어디에 있는가.

나는 다시 돌아와 이 언덕에 서 있는데…….

2014년 봄
-『어머니의 숨비소리』 후기

섬 사람들

시집 『섬 사람들』
2016년 7월 17일, 우리글
_시 92편이 수록된 서른여섯 번째 시집

정월 초하루 0시 0분, 보신각종이 울리는 순간 어린 학생처럼 일기장을 꺼내 무엇인가 쓰고 싶다. 앞으로 365일, 이 많은 시간, 하루도 빼놓지 않고 시를 쓰겠다는 다짐.

그렇게 다짐하며 쓴 시를 하나하나 골라 시집으로 묶는다. 내가 잊었던 내 손, 발, 머리, 눈, 코, 귀, 입, 이, 심지어 미생물까지.

이런 것들을 조각 맞추듯 맞춰갈 때 나는 다시 살아난다. 시 때문에 내가 살아나는 것이다. 시는 생존의 기록, 나를 만나게 하는 기록, 그것이 시 쓰는 재미다.

내가 나를 만나 지나간 일을 이야기하는 반가움, 나는 나를 만나는 반가움에 슬펐던 일도 반갑게 맞아들인다.

고맙다. 삶의 질곡까지 기쁨으로 맞아들이는 시가 고맙다.

2016년 5월
—『섬 사람들』서문

한때는 낚시질하러, 회 먹으러 섬에 간다고들 했는데 지금은 지知를 먹으러 섬에 가는 것 같다. 그만큼 섬을 찾는 위상이 달라졌다.
유배지, 출생지, 촬영지, 휴양지, 감상지感賞地……
이젠 시인의 고독만이 바윗돌에 눌어붙은 석화石花가 아니다. 남들도 그렇다.
나의 시를 묶다 보니 남들의 이야기가 끼어든다. 그래서 남의 시도 내 시처럼 읽게 된다.
시 속에서는 너도 나요, 나도 너다.

—『섬 사람들』후기

서른일곱 번째 시집

맹골도

시집 『맹골도』
2017년 10월 9일, 우리글
_시 75편이 수록된 서른일곱 번째 시집

1

울고 싶다. 울고 있으면 어머니가 오실 거다. 어머니는 내가 우는 이유를 아시니까.

어머니 곁에 있으면 내가 강해진다. 먼 미래까지도.

그래서 어머니는 날 볼 때마다 미래가 보이는 것처럼 기뻐하셨다.

2

섬을 떠돌며 시를 써온 터라 섬 소리만 들어도 토끼 귀가 되는 버릇이 생겼는데, 세월호 침몰 후에는 떠 있는 섬들이 모두 가라앉을

201

것 같아 불안하다.

맹골도로 가는 길이 더 거칠게 일렁이고, 안개가 더 두꺼워 보인다. 아니 꿈까지도 안개 속으로 사라지는 기분이다.

1년, 2년, 3년, 4년 이렇게 물속으로 가라앉는 슬픔, 슬픔이 녹슬고 눈동자가 흙탕물에 잠긴다.

언제쯤 수평선이 회복될까.

2017년 가을

―『맹골도』 서문

메모는 살아 있는 기억의 혈관이다
15년 전의 수첩을 찾은 것은 내 뇌세포를 되살린 것
맹골도로 이어지는 뇌세포
그래서 나는 '기억하라' 보다
'기록하라'는 신호가 올 때마다 수첩을 꺼낸다
기록하는 습관은 뇌신경을 깨우는 값진 보물이니까

기쁘다
기억을 되찾아 기쁘다

수첩엔 먼지가 쌓여도 기억엔 먼지가 쌓이지 않는다
기억의 기적
그것은 내 시의 자원이요
내 시의 부흥이다

2017년 가을

—『맹골도』후기

무연고

시집 『무연고』
2018년 11월 20일, 작가정신
_시 81편이 수록된 서른여덟 번째 시집

나이 90이 되니 알 것 같다

살아서 행복하다는 것과

살아서 고맙다는 것을

그러고 보니 이제 철이 드나 보다

이런 결말에 결론 비슷한 말을 할 수 있는 자신감은 어디서 나

왔을까

거기엔 조건이 있다

첫째 건강해야 한다는 것과

둘째 90이 되어도 제 밥그릇은 제 손으로 챙겨야 한다는 것과

셋째 밥 먹듯 시를 써가며 살아야 한다는 것
그리고 제정신으로 걸어가야 한다는 것

나는 말이 막히면 이렇게 농담 섞인 진담을 말한다
'당신도 이런 조건하에 90이 되어 보라
그러면 지금의 나를 알게 될 것이니
그러나 당신도 시를 써가며 90이 된다는 조건하에'
이렇게 말하며 속으로 웃는다
90이 되니 인생 풀코스를 뛴 기분이다
시가 그런 힘을 가지고 있다는 것을 알게 되어 기쁘다

90으로 가는 길목에서 쓴 글이니
늙은 냄새가 많이 풍기는 것은 사실이다
그건 그때 가서 말하면 된다
그 사람이 시를 쓰며 어떻게 살았는지는 그 길로 가고자 하는
사람에게 참고가 되리라 믿지만 그렇게 살라는 강요는 아니다 시인
은 언제나 부족한 자리에서 만족해왔으니까

2018년 가을
－『무연고』서문

연보

2001년 『개미와 베짱이』
2003년 『그 사람 내게로 오네』
2004년 『김삿갓, 시인아 바람아』
2006년 『인사동』
2007년 『독도로 가는 길』
2008년 『반 고흐, '너도 미쳐라'』
2009년 『서귀포 칠십리길』
2010년 『우이도로 가야지』
2011년 『실미도, 꿩 우는 소리』
2012년 『골뱅이@ 이야기』
2014년 『어머니의 숨비소리』
2016년 『섬 사람들』
2017년 『맹골도』
2018년 『무연고』

시선집   1999년 『시인과 갈매기』
2004년 『저 별도 이 섬에 올 거다』
2012년 『기다림』 육필시선집

시화집   1997년 『숲 속의 사랑』 사진 김영갑
2002년 『제주, 그리고 오름』 그림 임현자
2010년 『시와 그림으로 만나는 제주』 그림 임현자
2012년 『시가 가고 그림이 오다』 그림 박정민

산문집 및 편저 1962년 『아름다운 천재들』
1963년 『나는 나의 길을 가련다』
1997년 『아무도 섬에 오라고 하지 않았다』
2000년 『걸어다니는 물고기』

추천·수상   1969년 「제단」으로 《현대문학》을 통해 김현승 시인의 추천 등단
1996년 「먼 섬에 가고 싶다」로 윤동주 문학상 수상
2001년 제주도 명예도민이 됨
2002년 「혼자 사는 어머니」로 상화(尙火) 시인상 수상
2008년 도봉 문학상 수상

이생진 구순 특별 서문집

시와 살다

초판 1쇄 인쇄일 2018년 11월 10일
초판 1쇄 발행일 2018년 11월 20일

글 / 이생진
펴낸이 / 박진숙
펴낸곳 / 작가정신
출판등록 / 1987년 11월 14일(제1-537호)
책임편집 / 윤소라
디자인 / 용석재
마케팅 / 김미숙
홍보 / 박중혁
디지털 콘텐츠 / 김영란
관리 / 윤미경
주소 (10881) 경기도 파주시 문발로 314 2층
대표전화 031-955-6230 팩스 031-944-2858
이메일 mint@jakka.co.kr 블로그 blog.naver.com/jakkapub
페이스북 facebook.com/jakkajungsin 인스타그램 instagram.com/jakkajungsin

글 ⓒ 이생진, 2018
ISBN 979-11-6026-714-3 03810

이 도서의 국립중앙도서관 출판시도서목록(CIP)은 서지정보유통지원시스템 홈페이지(http://seoji.nl.go.kr)와 국가자료
공동목록시스템(http://www.nl.go.kr/kolisnet)에서 이용하실 수 있습니다. (CIP제어번호 : CIP2018034478)